성공한 사람이 아니라 가치 있는 사람이 되기 위해 힘쓰라.

— 아인슈타인

아는 자들이여, 실천하라. 이해하는 자들이여, 가르치라.
— 아리스토텔레스

평화로 가는 길은 없다. 평화가 길이다.

— 마하트마 간디

진리를 구하는 이들을 믿어라. 진리를 찾아 내는 이들을 의심하라.

—앙드레 지드

유충렬전

**책임
편집**

이병찬

성균관대학교 국어국문학과를 졸업하고 같은 학교 대학원에서 석사학위와 박사
학위를 받았다. 현재 대진대학교 한국어문학부 교수이다. 저서로『동야휘집 연
구』,『고전문학 교육의 이해와 실제』,『포천의 설화와 문학』 등이 있다.

한국 문학을 읽는다 16

유충렬전

1판 1쇄 2015년 4월 16일
1판 2쇄 2018년 8월 20일

지은이 · 작자미상
펴낸이 · 김화정
펴낸곳 · 푸른생각
책임편집 · 이병찬 | 편집 · 지순이, 김선도 | 교정 · 김수란

등록 · 제310-2004-00019호
주소 · 서울시 중구 충무로 29(초동) 아시아미디어타워 502호
대표전화 · 02) 2268-8706(7) | 팩시밀리 · 02) 2268-8708
이메일 · prun21c@hanmail.net
홈페이지 · www.prun21c.com

ⓒ 푸른생각, 2015

ISBN 978-89-91918-39-9 04810
ISBN 978-89-91918-21-4 04810(세트)
값 12,500원

유충렬전

한국 문학을
읽는다

16

작자미상
책임편집 **이병찬**

푸른생각
PRUNSAENGGAK

모욕은 잊어버리고, 친절은 결코 잊지 말아라.
— 공자(중국의 사상가, BC 551~BC 479)

'영웅의 일생', 그 고전적 완성

　『유충렬전』은『조웅전』과 함께 영웅 군담소설의 인기를 이끌어 온 대표
적인 국문소설이다. 작자는 미상이며 작품의 산출 시기도 정확하지 않지
만, 현재로서는 19세기에 나온 것으로 보는 것이 일반적이다. 군담(軍談)
이란 '전쟁 이야기'를 말하고 영웅은 주인공이 비범한 능력을 지닌 인물임
을 지칭하지만, 영웅소설과 군담소설이라는 두 유형은 겹치는 작품이 많
아서 통용된다. 시대 배경은 중국 명나라로 이 작품은 등장인물이나 전쟁
이 역사상 실재했던 것이 아닌, 창작 군담소설에 속한다.

　명문의 후예인 유충렬이 간신배에 의해 온갖 시련을 당하다가, 도승 밑
에서 도를 닦아 오랑캐와 내통하여 내란을 일으킨 간신배를 토멸하여 부
귀공명을 얻는다는 이야기이다. 특히 충신과 간신의 대결로 정쟁에서 몰
락했던 가문이 주인공의 영웅적 활약으로 국가에 큰 공을 세우면서 부흥
한다는 내용을 담고 있다. 비현실적인 도술전으로 전쟁의 양상이 기술되
고, 겉으로는 전통적 유교 윤리가 강조되면서도 이면에는 충이나 열에 대
한 인식이 전통 윤리로부터 벗어나 있다는 점 등에서 정치적인 변혁에 관
심이 많았던 평민층이 향유하던 작품으로 추정되는 작품이다.

한편 간신의 모함으로 패배한 충신의 후예가 작품의 주인공으로 등장하므로, 여기서 충신으로 설정된 집단이 작품의 향유층일 것이라는 추측을 하기도 한다. 왜냐하면 이러한 갈등 구도는 조선조의 당쟁으로 인한 권력 다툼과 상통하는 경향이 있으며, 당쟁에서 패배한 집단의 염원이 작품에 간접적으로 투영되었다고 볼 수 있기 때문이다. 평민층으로 전락한 전대의 상류 양반층들이 선대의 영화와 부귀를 동경하나 현실적으로 불가능함을 알고 그 꿈을 소설을 통해 허구로써 이루려 했을 것이라고 보는 것이다. 소설 내용을 보면 전반부에서 주인공 일가의 실세 과정과 수난의 양상은 현실감을 가지지만, 후반부에 이르러 주인공의 영웅적 행위와 도술 능력은 비현실적으로 전개됨을 확인할 수 있다. 따라서 『유충렬전』은 정치에 관심이 있었던 계층의 향유 작품이며, 특히 몰락한 양반층의 정치의식이 반영된 소설이라고 보는 견해도 유력하다.

무엇보다도 이 작품은 영웅소설의 전형적인 작품이다. 다른 영웅소설과는 달리 서두에 국가적 위기의식 속에서 영웅 탄생이 예고되는 일종의 프롤로그가 있다. 전체를 크게 전·후반부로 나누어 보면 전반에는 주인공과 그 가족들의 고행담이, 후반에는 주인공의 영웅적인 활동이 그려져 있다. 작품에서 주인공의 연애담은 나타나지 않는다. 임진·병자 양란으로 말미암아 민족적으로 시련을 겪고 난 뒤, 국민들의 적개심이 불타서 애국심이 부쩍 강해졌고, 나라를 수호하는 영웅의 출현을 갈망하는 마음이 영웅소설을 출현시킨 동인이 되었다. 특히 이 작품은 '영웅의 일생'을 가장 잘 구현한 작품으로서 의의를 갖는다.

『유충렬전』은 크게 3단계의 중층적 대결 구조를 보여 준다. 첫째, 천상 백옥루 잔치에서의 자미성(유충렬)과 익성(정한담) 사이의 대결, 둘째, 지상계에서 벌이는 유심과 정한담의 대결, 셋째, 유충렬과 정한담의 대결 등이 그것이다. 이러한 구조를 통해서 초월적 질서에 의한 예정된 대립이라는 기본적 시각을 설정하고, 천상의 질서를 지상에서 구현한다는 양상을 그리고 있다. 두 번째의 대결에는 병자호란 때의 주전론과 주화론의 대립에서 주화론의 입장을 긍정하는 서술자의 시각이 드러나고, 전란을 경험한 당대 소설 향유층의 의식이 투영되어 있기도 하다. 작품에서 유충렬이 유리개걸(遊離丐乞)하는 과정은 비교적 간략하게 제시되고, 그 모친의 시련은 상대적으로 구체화하여 제시된다는 점도 주목을 요한다. 또한 유충렬의 입을 빌려서 천자에 대한 비판적 시각을 직설적으로 드러내기도 한다.

이와 같이 이 작품의 주된 갈등은 충신과 간신의 대립으로 전개되며, 이는 당쟁으로 실세(失勢)했거나 몰락한 계층의 재기, 복수의 의식을 보여 준다. 작품에는 병자호란의 실상도 반영되어 있으며, 청나라에 대한 민족감정도 읽을 수 있다.

유충렬은 출생 이전부터 고귀한 혈통이 강조되는데, 이러한 설명은 주인공의 혈통을 신성화하려는 신화와 같은 성격을 가진다. 유충렬은 자미원 대장성의 후신이고 정한담은 천상 익성의 후신으로, 천상에서부터 적대 관계에 있었다. 따라서 충렬의 시련은 출생 당시부터 내재된 것이나 다름없다. 『유충렬전』에서 충렬의 시련은 적대 관계에 있는 인물이 조작하여 부과한 것이고, 이것은 원한 관계로 연결된다.

그러나 충렬은 시련을 스스로의 능력으로 극복하지 못하고 항상 초월자의 구조에 의지하고 있다. 충렬의 영웅적인 기질은 백룡사 노승에게서 법술을 배우고 초월자가 제조한 전쟁 기계를 얻은 뒤부터 나타난다. 이 점은『홍길동전』과 크게 다른 점이다. 길동은 누구에게 도술을 배운 것이 아니라 생래적으로 능력을 가지고 있었으며, 고난의 극복도 스스로의 능력에 의존하고 있다. 이 점에서 홍길동은 신화적 영웅에 접근되어 있고, 유충렬은 후대적인 성격을 갖는다. 신화의 주인공은 투쟁을 통하여 국가를 건설하고 스스로 국왕이 된다. 즉 신화 주인공의 목표는 자신을 위해서이며, 투쟁을 통해서 얻은 영광은 자기가 차지한다. 그러므로 신화의 주인공은 주체적 영웅이다. 물론 유충렬도 자신을 위하여 투쟁한다고 하겠으나, 결국 국가 곧 천자를 위하여 싸운다. 그리고 그 결과는 천자로부터 부여되는 벼슬과 부귀영화이다. 이런 의미에서 유충렬은 종속적인 영웅이라고 할 것이다.

『유충렬전』의 특징은 영웅의 일생이라는 서사적 틀을 충실하게 구현한 작품, 천상계와 지상계의 이원적 세계관에 입각한 작품, '남녀의 결연담'보다 '군담'의 비중이 큰 작품이라는 데에 있다. 이 작품은 가족의 이산에 따른 고난과 절망 외에 악인인 정한담을 처벌할 때 보여 주는 백성들의 환호와 같은 것을 그리고 있는데, 이런 부분에서 제한적이나마 민중적 열망까지도 읽힌다. 무기력한 주인공의 아버지가 아버지로서의 권위를 사실상 발휘하지 못하는 것도 그렇지만, 황제가 신하인 유충렬의 공박을 받는다는 것은 당시로서는 파격적인 것이라 할 수 있다. 통속의 이름으로, 단순무식한 힘의 논리로 신성한 것을 비판하는 이 역설적인 양상은 흥미롭다. 이 작품은 민중적 열망을 담고 있음에도 불구하고 기본적으로 정황의 유지 그리고 체제의 유지라는 보수적인 모습을 보여 준다. 부분적으로 '판소리체'가 나타나고 속된 표현도 자주 보인다는 점에서 문체 역시 특별한 작품이다.

『유충렬전』은 성공한 영웅소설로서 판소리계 소설과 함께 그 나름대로 당시 국문소설의 수용층 확대에 크게 기여했으며, 조선 후기에 새롭게 대두한 수용층의 또 다른 욕구를 보여 주고 있다. 이 밖에 유기적인 구성과 뛰어난 서사적 기법을 통한 역동적 세계, 문체, 구성과 서사 기법에서 작품의 유기적 통일성을 잘 보여 주고 있다는 점 등도 눈여겨보아야 할 대목이다. 서술 기법도 뛰어나며, 가족의 이산 과정에도 여러 차례의 고난을 통해 손에 땀을 쥐게 하며, 가족들이 우여곡절 끝에 거의 다 살아나서 뒤에 서로 만나게 함으로써 궁극적으로 독자의 가슴을 시원하게 해 주는 청량제 역할도 한다.

푸른생각에서 기획하여 발행하는 '한국 문학을 읽는다' 시리즈는 작품의 원문을 충실하게 실었다. 어려운 단어에는 낱말풀이를 세심하게 달아 작품의 이해를 돕고, 본문의 중간 중간에 소제목을 붙여 이야기의 흐름을 놓치지 않도록 하였다. 또한 각 작품에 들어가기 전에 등장인물을 소개하고, 수록한 작품 뒤에는 줄거리를 정리한 〈이야기 따라잡기〉를 마련해 놓았다. 그리고 〈쉽게 읽고 이해하기〉를 마련해 작품의 세계를 좀 더 깊게 이해할 수 있도록 했다. 또한 책의 끝에 〈작가 알아보기〉를 마련해 작가의 생애를 독자들에게 소개하였다.

『유충렬전』은 주인공의 집안이 극도로 몰락했다가 나중에 크게 상승하여 부귀영화를 누리게 되는 과정을 치열한 갈등 속에서 그리고 있어서 시종일관 긴장감을 느끼게 한다. 숨 막히게 전개되는 가족의 분리와 결합, 영웅의 몰락과 상승 등이 있어 작품 세계가 그만큼 역동적이다. 소설적 기교로 보아 작자층을 전문 작가급에 속하는 인물로 추정하기도 한다.

1930년대에는 송만갑 등의 명창들에 의해서 '연쇄 창극'으로 만들어지기도 하였다. 한마디로 이 작품은 고전소설 가운데 영웅소설의 대표작이면서 19세기적 총결산에 해당한다. 이를 읽으면서 고전 속의 영웅과 현대적 영웅을 견주어 보는 안목을 길러 볼 것을 권한다.

책임편집 이병찬

한국 문학을 읽는다 유충렬전

일러두기

1 각각의 작품은 등장인물 소개 — 작품 게재 — 이야기 따라잡기 — 쉽게 읽고 이해하기의 순서로 되어 있습니다.
2 독자의 이해를 돕기 위해 원문의 한자나 어려운 옛말은 현대어로 풀어 주었고, 낱말 풀이를 상세하게 달았으며, 중간중간에 소제목을 붙였습니다.
3 〈등장인물〉에서는 작품에 등장하는 주요 등장인물을 소개하고 간단하게 설명하였습니다.
4 〈이야기 따라잡기〉에서는 작품의 줄거리를 요약 정리하였습니다.
5 〈쉽게 읽고 이해하기〉에서는 작품을 감상하는 데 필요한 핵심적인 요소를 짚어 주었습니다.
6 마지막으로 〈작가 알아보기〉에서는 작가의 생애와 작품 활동, 작품 세계 등을 이해할 수 있습니다. 작가가 알려지지 않은(작자 미상) 작품의 경우에는 〈작가 알아보기〉가 생략되어 있습니다.

「유충렬전」은

명나라를 배경으로

나라와 군주를 구하여

입신양명하고 부귀영화를 누리게 되는

유충렬의 일대기를 그린 영웅소설이자,

군담소설이다.

유충렬전

원수가 응하여 천사마 위에 번뜻 올랐다.
왼손의 신화경은 신장을 호령하고
오른손의 장성검은 해와 달을 희롱하였다.

등장인물

유충렬 천상의 자미원 대장성이 하강한 인물. 천상에서 익성과 대결하다가 죄를 지어
　　　　지상으로 내려와 유심의 아들로 태어난다. 외적과 간신들을 물리치고 나라와
　　　　황제를 구하며, 자기 가문과 강 승상의 집안을 부흥시켜 부귀영화를 누리게
　　　　된다. 정의를 위해 악과 싸우는 전형적인 영웅이다.

유심(유 주부) 유충렬의 아버지. 명나라 개국공신의 후손으로 정직하고 충성스러운
　　　　인물. 명나라 황제에게 바른 소리를 하다 정한담과 최일귀의 모함에 빠져
　　　　귀양을 가게 된다.

장 부인 유충렬의 어머니. 유심이 귀양을 가게 되자, 아들 유충렬을 데리고 피난하다
　　　　아들을 잃고 고생하게 된다.

강희주(강 승상) 유충렬의 장인. 위험에 빠진 유충렬을 구하나 유심을 위해 황제에게
　　　　상소를 올리다가 정한담 일당에게 모함을 받아 귀양을 가게 된다.

정한담 천상의 익성이 하강한 인물. 천상에서 자미원 대장성과 대결하다가 죄를 지어
　　　　지상으로 내려온 후 명나라의 간신이 된다. 외적과 내통하여 역모를 꾀하나
　　　　유충렬에 의해 번번이 좌절되고 만다.

유충렬전

상권(上卷)

명나라 도읍을 옮기려 하다

중국 명나라 영종 황제 즉위 초에 황실이 미약하고 법령이 행해지지 않던 중, 남만(南蠻, 남쪽 오랑캐)과 북적(北狄, 북쪽 오랑캐) 그리고 서역(西域, 중국 서쪽의 여러 나라를 통틀어 이르는 말)이 강성하여 황제를 모반할 뜻을 품고 있었다. 그러므로 황제가 남경에 있을 뜻이 없어 다른 데로 도읍을 옮기고자 하셨다. 이때 마침 창해국(고대 중국 동방에 있던 나라로 신선이 살았다고 함) 사신이 왔는데 성은 임이요, 이름은 경천이라 했다. 황제가 그를 반겨 불러서 접대한 후에 도읍 옮기는 것을 의논하시니, 임경천이 아뢰었다.

"소신이 옥루에서 육대 산천의 기운을 보니 지금 계신 곳이 황제의 땅으로 마땅하옵니다. 천하의 명산 오악(五嶽, 중국의 5대 명산) 중에 남악 형산이 가장 신령한 산이요, 한 나라의 주룡이 되었고, 창오산 구리봉은 변화하여 외청룡 되었으며, 소상강 동정호는 물의 흐름이 광활하여 내청룡 되어 이익이 흘러가는 곳을 막으니, 여러 왕이 장구할 것입니다. 또한 소신이 수년 전에 본국에서 바라본즉, 북두칠성의 정기가 남경으로 하강하고 삼태성의 채색이 황성에 비췄으며, 자미원(옛날 중국 천문학에서 하늘을 삼원(三垣) 이십팔숙(二十八宿)으로 나눈 가운데 태미원, 천시원과 더불어 삼원의 하나인 성좌(星座). 북극(北極)에 있어 소웅좌(小熊座)를 중심으로 한 170여 개의 별로 이루어졌는데, 천제(天帝)가 거처하는 곳이라고 전해 내려옴) 대장성이 남방에 떨어졌으니 얼마 지나지 않아 신기한 영웅이 나올 것입니다. 황상은 어찌 조그마한 일로 이러한 황금성의 땅을 놓으시려 하며, 선황제부터 이어져 온 오랜 역사의 땅을 하루아침에 놓으시려 하십니까?"

황제가 이 말을 듣고 마음이 가벼워져 도읍 옮기려던 것을 잊으시고 나라를 다스리시니 시절이 태평하고 인심이 편안하였다.

유심과 장 부인, 아이를 얻기 위해 제사를 지내다

이때, 조정에 한 신하가 있었다. 성은 유요, 이름은 심이니, 옛날 선조 황제 개국공신인 유기의 13대손이요, 전 병부상서 유현의 손자이다. 대대로 이름 있는 집안의 후예로 공후(군주가 내려준 땅을 다스리는 영주. 여기서는 그 땅을 말함), 관직, 녹봉이 떠나지 아니하였고, 지금은 정언주부(정6품. 왕의 뜻을 밝힌 문서를 심의하거나 왕에게 간하던 직책)라는 벼슬에 있었다. 사람됨이 정직하며 성정(性情)이 민첩하고 일심이 충성하여 국록이 쌓이니 가산(家産)이 넉넉하고, 일도 법에 따라 공평하게 처리하니 세상

공명은 한 시대의 제일이요, 그의 부귀를 만민이 칭송하였다. 다만 슬하에 일점혈육이 없어 매일 한탄하였다. 일 년에 한 번 조상의 무덤에 제사 지낼 때면 홀로 앉아 울면서 말했다.

"슬프다! 내게 무슨 죄 있어 나라의 녹을 먹으면서도 자식이 없으니, 세상이 좋다 한들 좋은 줄 어찌 알며, 부귀가 영화롭되 영화로운 줄 어찌 알리. 나 죽어 청산에 묻힌 백골 누가 거두며, 조상의 제사에 향 피우는 것을 누가 하랴."

하염없는 눈물이 옷깃을 적셨다. 부인 장씨는 이부상서 장윤의 장녀였다. 주부가 이렇듯이 서러워하니, 곁에 앉았다가 가슴 깊이 슬퍼졌다.

"상공의 자녀 없음은 소첩의 박복함입니다. 첩의 죄를 논한다면 벌써 버릴 것이로되 상공의 은덕(恩德)으로 지금까지 지내 왔사오니 부끄러움을 어찌 다 말하오리까. 듣자오니 천하에 경치가 뛰어난 산이 남악 형산이라 하오니 수고를 생각지 말고 산신께 소원을 빌어 정성이나 들여 봅시다."

주부가 이 말을 듣고는 말했다.

"하늘이 점지하사 자식이 팔자에 없었던 것인데, 빌어 자식을 낳는다면 세상에 무자(無子)한 사람이 누가 있으리오?"

장 부인이 대답했다.

"그 말씀도 당연하되, 옛날 성현 공자도 이구산에 빌어 낳았고, 정나라 정자산(정나라 대부 공손교)도 우성산에 빌어 낳았나이다."

주부가 이 말을 듣고 삼칠일(21일) 동안 마음과 몸을 깨끗이 함은 물론이요, 소복을 공들여 짓고 제물을 갖춰 축문을 지은 후 부인과 함께 남악산을 찾아갔다. 산세가 웅장하며 봉우리 높은 곳마다 청송이 울창하여 태곳적 모습을 띠었고, 강물은 잔잔하여 탄금성(거문고 타는 소리)을 돋우었다. 칠천십이 봉은 구름 밖에 솟아 있고, 층암절벽 위에 갖가지 색의 꽃이 피었으며, 소상강 아침 안개는 동정호로 돌아가고 창오산의 저문 구름은 호산대로 돌아 들었다. 주부가 부인과 함께 강수성을 바라보며 수양가지 부여잡고 육칠 리를 들어가니 연화봉의 중간쯤이었다.

꼭대기에 올라서서 사방을 살펴보니, 옛날 하나라 우 임금이 구 년 동안 홍수를 다스리고자 층암절벽을 팠던 터가 어제 한 듯 완연하고, 산천이 심히 엄숙한 곳에 천제당을 높이 쌓고 백마를 잡던 곳이 완연하였다. 추연(湫淵, 웅덩이)을 돌아 보니 옛날 위 부인(중국 전설 속의 선녀)이 선동 오륙 인을 거느리고 도를 닦던 일층 단이 무너져 있었다. 일층 단을 따로 쌓아 노구밥(산천의 신령에게 제사하기 위하여 노구솥에 지은 밥)을 정결히 담아 놓고, 부인은 단 아래에 꿇어앉고 주부는 단상에 꿇어앉아 분향 후 축문을 고운 소리로 읽으며 빌었다. 그 축문은 이러했다.

유세차(축문을 외기 전에 하는 말) 갑자년 갑자월 갑자일에 명나라 동성문 안에 거하는 유심은 형산 신령께 비나이다. 오호라! 명나라 태조 창국공신의 손자로 선대의 공덕으로 부귀를 아울러 갖추고 몸에 탈 없으나 나이가 인생의 반이 넘도록 일점혈육이 없으니, 죽은 뒤 백골 되면 누가 흙이라도 간신히 덮어 줄 것이며 조상의 제사에 누가 향을 봉사하리오. 인간의 죄인이요, 지하의 악귀가 될 뿐입니다. 이러한 일을 생각하니 원한이 마음에 가득합니다. 이러한 고로 하찮은 정성으로 신령께 비오니 하늘은 감동하사 자식 하나 점지하옵소서.

빌기를 다함에 지성이면 감천이라 하늘인들 무심할까. 제단 위의 오색구름이 사면을 둘러싸고 산속에 백발 신령이 모두 하강하여 정성들여 지은 제물을 모두 다 흠향(歆饗, 신령이 제물을 받아 먹음)한다. 길조가 이러하니 귀한 자식이 없겠는가.

빌기를 다한 후에 온 마음으로 고대하였다. 하루는 부인이 꿈을 꾸었는데, 천상에는 오색구름이 영롱하고, 하늘 위에서 한 선관이 청룡을 타고 내려와 말하였다.

"나는 청룡을 다스리는 선관입니다. 익성(翼星, 하늘의 신선 이름)이 도리가 없기로 옥황상제께 아뢰어 익성의 죄를 다스려 다른 방향으로 귀양을 보낸 적이 있습니다. 이에 불만을 품은 익성과 백옥루 잔치 때 서로 싸우다가 상제께 득죄하였으니(죄를 얻었으니) 인간 세계로 쫓겨나 갈 곳을 모르다가 남악산 신령들이 부인 댁으로 가라고 지시하기로 왔습니다. 부인은 불쌍히 여기어 은혜를 베푸소서."

타고 온 청룡을 오색구름 사이에 놓아 주며 말하였다.

"이후에 속세에서 너를 다시 찾으리라."

그리고 부인 품에 달려들었다. 부인이 놀라 깨어나니 일장춘몽(一場春夢, 하룻밤의 꿈)이었다.

웅장하고 기이한 아기, 유충렬 태어나다

부인이 정신을 차리고 주부를 청하여 꿈을 이야기했다. 주부는 즐거운 마음 비할 데 없어 부인을 위로하여 봄뜻을 부쳐 두고 아이 얻기를 온 마음으로 고대하였다. 과연 그달부터 태기가 있어 열 달이 찬 후에 옥동자를 낳았다. 이때 방 안에 향취 있고 문밖에 상서로운 기운이 뻗쳐 싱그러운 빛이 땅에 가득하고 상서로운 채색이 온 하늘을 가득 메운 가운데 한 선녀 오색구름 중에 내려와 부인 앞에 꿇어앉아 백옥상(白玉床)에 놓인 과실을 부인께 주며 말하였다.

"소녀는 천상(天上) 선녀입니다. 금일 옥황상제께서 분부하시되 자미원 장성이 남경 유심의 집에 환생하였으니, 네가 바삐 내려가 산모를 돕고 아기를 잘 거두라 하셨습니다. 백옥병의 향탕수(香湯水, 향을 넣고 끓인 목욕물)를 부어 동자를 씻기시면 온갖 병이 소멸하고 유리 주머니에 있는 과실을 산모가 잡수시면 죽지 않고 오래 사실 것입니다."

부인이 그 말을 듣고 유리 주머니에 있는 과실 세 개를 모두 쥐니 선녀가 여쭈었다.

"이 과실 세 개 중에 한 개는 부인이 잡수시고 또 하나는 공자를 먹일 것이요, 또 한 개는 후에 주부가 잡수실 것입니다. 다 각기 임자를 옥황상제께옵서 점지하셨거늘 어찌 다 잡수시려 하십니까?"

선녀는 부인에게 한 개를 먹게 한 후 향탕수를 부어 옥동자를 씻겨 비단 이불 속에 뉘어 놓고 부인께 하직하고 오색구름에 싸여 사라졌다. 그런 후에도 공중에 어렸던 상서로운 기운은 여전히 떠나지 않았다.

부인이 선녀를 보낸 후에 일어나 앉으니, 정신이 상쾌하고 맑고 깨끗한 기운이 전날보다 배나 더하였다. 주부를 청하여 아기를 보이며 선녀가 하던 말을 낱낱이 고하니, 주부는 하늘을 향하여 옥황상제께 감사드렸다.

아기를 살펴보니 생김새가 웅장하고 기이하였다. 양 미간이 넓고 얼굴의 바탕이 둥글넓적하며, 초생달 같은 두 눈썹은 강산의 정기를 받았고 밝은 달 같은 앞가슴은 천지조화를 품었으며, 단산(丹山)의 봉황새 눈은 두 귀밑을 돌아보고, 칠성에 싸인 종학처럼 잘생긴 얼굴이 번듯하다. 또 북두칠성 맑은 별이 두 팔뚝에 박혀 있고, 뚜렷한 대장성이 앞가슴에 박혔으며, 삼태성 정신별이 등 위에 떠 있는데 주홍색으로 '명나라 대사마 대원수' 라 새긴 글자가 은은히 박혔으니 웅장하고 기이함은 세상에 제일이요, 천추에 하나밖에 없을 것이다.

주부가 기운이 상쾌하여 부인을 돌아보며,

"이 아이의 관상을 보니 천인적강(天人謫降, 천상의 사람이 인간계에 귀양 옴)이 분명하며 세상의 영웅이 틀림없소. 예전에 황제께서 도읍을 옮기고자 하여 창해국 사신 임경천더러 물으시니 임경천이 아뢰기를, 북두정기는 남경에 하강하고 자미원 대장성이 황성에 떨어졌으니 얼마 지나지 않아 신기한 영웅이 나리라 하더이다. 이 아이가 확실하니 어찌 즐겁지 않겠소? 오래지 않아 대장 절월(節鉞, 왕이 장수를 임명할 때 신임의 표시로 주는 깃발과 도끼)을 허리 아래에 차고, 상장군 인수(印綬, 왕이 벼슬아치를 임명할 때 신임의 표시로 주는 병부 주머니에 단 끈)를 비단 주머니에 넌지시 넣어, 부귀영화로 조상의 묘를 빛내고 맹렬한 기운과 영웅의 풍채가 온 세상에 진동할 것이니 누가 칭찬하지 않겠소? 산신의 깊은 은덕을 죽은 후에도 잊기 어렵고, 백골인들 잊을 수 있겠소?"

하고 말하고는 이름은 충렬이라 하고 자는 성학이라 하였다.

세월이 이와 같이 흘러 충렬이 칠 세가 됨에, 골격은 빼어나고 총명은 단연 뛰어나며 필법은 왕희지요, 문장은 이태백이며, 무예와 장수의 지략은 손무(孫武, 중국 춘추시대의 병법가)와 오기(吳起, 중국 춘추시대의 병법가)보다 나았다. 또 천문 지리는 가슴속에 모아 두고, 국가 흥망은 손안에 매였으니 말 달리고 검 쓰는 기술은 천신도 당치 못할 정도였다.

오호라, 시대의 운이 불행하고 조물주가 시기하는지, 유 주부 대대로 부귀하였지만 사람이 흥진비래(興盡悲來, 즐거운 일이 다하면 슬픈 일이 닥쳐옴)를 어찌 피할 수 있겠는가.

충신 유심, 간신들의 모략으로 연경으로 귀양 가다

각설(화제를 다른 쪽으로 돌릴 때 쓰는 말), 이때 조정에 두 신하가 있었다. 하나는 도총대장 정한담이요, 또 하나는 병부상서 최일귀였다. 한담은 본래 천상의 익성으로 자미원 대장성과 백옥루 잔치에서 싸운 죄로 옥황상제께 득죄하여 인간계에 내려와 명나라 황제의 신하가 되었다. 본시 천상의 사람으로 지략이 있고, 술법이 신묘한 데다가, 금산사 옥관도사를 데려다가 별당에 거처하게 하고 술법을 배웠으니, 만 사람이 당할 수 없는 용맹과 백만 군의 대장이 될 만한 재주를 지녔다. 벼슬은 1품이요, 포악하기 이를 데 없으니, 만민의 생사는 그의 손 안에 매여 있고, 한 나라의 권세는 그의 손끝에 달렸으니, 초나라 회왕(전국시대 왕. 항우에게 죽음)의 항우요, 당 명황(당나라의 황제 현종. 안녹산의 반란으로 피난을 감)의 안녹산과 같았다. 평생 마음에 황제가 되고자 하였지만 정언주부의 직간(直諫, 윗사람에게 잘못된 일을 직접 말함)을 꺼리고, 퇴임한 재상 강희주의 상소를 꺼려 포기한 지 오래였다.

영종 황제 즉위 초에 여러 나라 왕들이 각각 사신을 보내어 조공(종속국이 종주국에게 바치는 예물)을 바치되 오직 토번(티베트)과 가달(서역의 오랑캐)이 사납고 포악함만을 믿어 황제를 능멸하여 조공을 바치지 않았다. 한담과 일귀 두 사람이 이때를 타서 황제께 여쭈었다.

"폐하께서 즉위하신 후에 덕이 온 백성에게 미치고 위엄이 온 세계에 떨쳐졌으며 여러 나라에서 다 조공을 바치는데, 오직 토번과 가달이 사납고 포악함만을 믿어 천명을 거스르옵니다. 신 등이 비록 재주 없사오나 남적(南敵)의 항복을 받아 폐하의 위엄이 남방에 가득하게 하고, 소신들은 충신이 되어 공명을 후세에 전하리니 황상은 깊이 생각하옵소서."

황제는 매일 남적이 강성함을 근심하던 터라 이 말을 듣고 크게 기뻐했다.

"경 마음대로 군사를 거느리고 가거라."

이때, 유 주부가 조회(朝會)하고 나오다가 이 말을 듣고 황제 앞에 나아가 땅에 엎드려 아뢰었다.

"폐하께옵서 남적을 치라 하시고 군사를 내주신다 들었습니다. 그 말씀이 옳사옵니까?"

황제가 말씀하셨다.

"한담의 말이 여차저차하기로 그런 일이 있노라."

"폐하, 어찌 망령되게 허락하셨습니까? 왕실은 미약하고 외적은 강성하니, 이는 자는 호랑이를 찌름과 같고, 들어오는 토끼를 놓치는 격입니다. 한낱 새알이 천근의 무게를 어찌 견디겠습니까? 가련한 백성의 목숨이 백 리 모랫벌에 외로운 혼이 되면 그것이 곧 악을 쌓는 것이오니, 황상은 깊이 생각하여 군사를 내주지 마옵소서.”

황제가 그 말을 들으시고 고민하던 차에 한담과 일귀 동시에 함께 아뢰었다.

“유심의 말을 들으니 죽여도 아깝지 않음이요, 오나라 간신과 같은 부류입니다. 대국을 저버리고 도적놈만 칭찬하여, 개미 무리를 대국에 비하고, 한낱 새알을 폐하에게 비하니 이 시대의 간신이요, 세상의 역적입니다. 유심이 가달을 못 치게 하는 것을 보니 가달과 내통하게 된 듯하니 유심의 목을 베고 가달을 치겠나이다.”

황제가 이를 허락하였다.

한림학사 왕공열이 유심을 죽인단 말을 듣고 땅에 엎드려 아뢰었다.

“주부 유심은 선황제 개국공신 유기의 후손이며, 사람됨이 정직하고 마음이 한결같이 충성스럽나이다. 남적을 치지 말자는 말이 사리에 맞거늘 그 말을 죄라 하여 충신을 죽이시면, 태조 황제 사당 안에 유 상공이 배향(配享, 공신의 신주를 종묘에 모시던 일)되었으니 춘추로 제사 지낼 때에 무슨 면목으로 뵙겠습니까. 유심을 죽이면 직간할 신하 없을 것이니 황상은 생각하시어 죄를 용서하옵소서.”

황제가 이 말 듣고 한담을 돌아보니 한담이 여쭈었다.

“유심을 처벌하려면 만 번 죽여도 마땅하오나 공신의 후예이오니 죄목대로 다 못하겠다면 귀양을 보내십시오.”

황제는 이 말이 옳다고 여기셨다.

"황성 밖에 멀리 귀양 보내라."

한담이 명을 듣고 승상부 높이 앉아 유심을 잡아내어 죄를 따졌다.

"너의 죄를 논하면 목을 쳐 후세에 본을 보이는 것이 당연하나 황제의 은혜 망극하사 네 목숨을 살려 주니 이후로는 그런 말을 말라."

하고 귀양 보낼 곳을 연북(燕北)으로 정하여,

"어서 바삐 떠나라. 만일 잔말하다가는 능지처참(죄인을 죽인 뒤 시신의 머리, 몸, 팔, 다리를 토막내어 각지에 돌려 보이는 형벌)하리라."

주부는 이 말을 듣고 분한 마음이 하늘을 찔러 한참 후에 말하였다.

"내 무슨 죄가 있어 연북으로 간단 말인가. 왕망(王莽, 한나라 때의 정치가. 갖은 모략으로 제위를 빼앗음)이 섭정(왕을 대신하여 정사를 봄)함에 한나라 왕실이 미약하고, 동탁이 난을 일으키니 충신이 다 죽었다. 나 죽은 후에 내 눈을 빼어 동문에 높이 달아 가달국 적장 손에 네 머리 떨어지는 것을 분명히 보리라. 지하에 돌아가서 오자서(伍子胥, 초나라 평왕에 의해 아버지와 형이 죽자 오나라로 망명하여 후에 초나라에 복수함)의 충혼에 부끄럽지 않게 하리라."

한담이 이 말을 듣고 분한 마음이 솟구쳐,

"어명이 이러하니 무슨 변명을 하겠는가."

하고 궐문에 들어가면서 금부도사에게 유심을 채찍질하여 연북으로 가라며 소리를 성화같이 내며 재촉했다. 유 주부가 할 수 없어 유배지로 가려고 집으로 돌아오니, 온 집안이 망극하여 우는 소리가 진동하였다.

주부가 충렬의 손을 잡고 부인에게 말했다.

"우리 나이가 인생의 반이 넘도록 한 명의 자녀도 없다가 하늘이 감동하사 이 아들을 점지하여 봉황의 짝을 얻어 영화를 보려 했으나, 집안의 운이 막히고 조물주가 시기하는구려. 간신의 모함을 받아 만 리 유배지로 떠나가니 생사를 알지 못하리라. 어느 날 다시 볼까. 나 같은 인생은 조금도 생각 말고 이 자식을 길러 내어 뒷일을 받들게 하면 황천에 가도 눈을 감고 잘 것이요, 부인의 깊은 은덕은 후세에 반드시 갚으리다."

하고 이번에는 충렬을 붙들고 슬피 울며 말하였다.

"네 아비 무슨 죄로 만 리 연경에 간단 말인가? 너를 두고 가는 설움, 단산에 나는 봉황 알을 두고 가는 듯, 북해 흑룡이 여의주를 버리고 가는 듯, 고통스럽고 서러운 마음 한마디로 말하기 어려워라. 생각하니 기가 막혀 할 말이 없고 잠시나마 잊자 하니 가슴에 맺힌 한이 죽은들 잊을쏘냐. 네 아비 생각 말고 너의 모친을 모셔 무사히 지내며, 봄풀이 푸르거든 부자 상봉할 줄 알고 있으라."

대성통곡하며 죽도(竹刀)를 끌러 충렬에게 채우면서,

"저승에서 상봉한들 부자 사이에 알아볼 신표(信標)가 없으면 되겠느냐? 이 칼을 잃지 말고 부디 간수하여 두라."

처자식과 이별하고 떠날 채비를 바삐 차려 문밖에 나오니 정신이 아득하였다. 한 번 걷고 두 번 걸어 열 걸음, 백 걸음에 구곡간장(九曲肝腸, 굽이굽이 서린 창자. 시름이 쌓인 깊은 마음속을 의미하는 말) 다 녹으며 일편단심(一片丹心) 다 녹겠다. 성안에서 보는 사람 누가 울지 않겠으며, 강산 초목 또한 슬퍼한다.

동성문을 나서면서 연경을 바라보며 인솔 관리를 따라갈 제, 삼 일을 간 후에 청송령을 지나서 옥해관에 당도하니 이때는 가을 팔월 보름이었다. 찬바람은 소슬하고 낙엽은 쓸쓸한데 뜰 앞에 국화꽃은 나그네의 슬픔을 가득 띠고, 푸른 하늘에 걸린 달은 삼경의 야회를 돋웠다. 객사창의 차가운 등, 깊은 밤에 촛불로 벗을 삼아 낯선 곳 쓸쓸한 베개를 베고 누웠으니, 타향의 가을 소리 나그네의 슬픔을 다 녹인다. 공산에 우는 두견새 소리는 귀촉도 불여귀(두견새의 울음소리. '촉으로 돌아감만 같지 못하다'라는 뜻이 있음. 두견새는 촉나라 왕 두우가 죽어서 된 새라는 전설이 있으므로, 고향에 돌아가지 못하는 슬픈 마음을 나타낸 말임)를 일삼고, 푸른 하늘에 뜬 기러기는 객사의 창 밖에서 슬피 울 제, 행역(行役, 여행의 피로와 괴로움)이 곤한들 잠잘 가망이 전혀 없다. 그 밤을 지샌 후에 이튿날 길을 떠나 소상강을 바삐 건너 멱라수(汨羅水)에 다다르니, 이 땅은 초 회황제의 옛 충신 굴삼려(굴원)가 간신에게 패하고 택반에 장사 지낸 곳이라. 후세 사람들이 슬픔에 젖어 회사정을 높이 짓고 조문을 지었다.

> 해와 달같이 빛난 충혼은 만고에 빛나 있고 금석같이 굳은 절개는
> 오랜 세월 동안 밝았으니, 이 땅을 지나는 사람 누가 아니 감격하리.

이렇듯이 슬픈 사연이 현판에 붙어 있었다. 유 주부가 글을 보니 충심이 바로 일어나 행장에서 붓과 먹을 꺼내 들고 회사정 동쪽 벽 위에 큰 글자로 썼다.

> 명나라 유심은 간신 정한담과 최일귀의 모함을 받아 연경으로 유
> 배 가다가, 해와 달같이 밝은 마음을 고백할 길 전혀 없고, 빙설같이
> 맑은 절개 보일 곳이 전혀 없어 멱라수를 지나다가 굴삼려의 충혼을

만나 물에 빠져 죽는다.

쓰기를 다한 후에 물가에 내려가서 하늘께 빌고, 소리 내어 통곡한 후, 옷자락으로 눈을 가리고 만경창파(한없이 넓은 바다) 깊은 물에 펄쩍 뛰어드니, 이때에 관리하던 신하가 이를 보고 허겁지겁 달려들어 주부의 손을 잡고 말렸다.

"그대의 충성은 천신도 알 것이오. 그대의 죄는 황제에게 달려 있으니, 명을 받아 유배지로 가다가 이곳에서 죽으시면 나도 또한 죽을 것이오. 그대 유배지를 버리고 죽으시면 무죄함은 천하가 아는 바요. 하늘의 도움으로 황제께서 감격하여 쉽게 풀려날지도 모르는데, 죽어서 충혼이 된다면 산 것과 같겠소?"

죽음을 무릅쓰고 만류하여 백사장으로 들어내니, 유 주부는 할 수 없어 회사정을 지나 황주에 이르렀다. 황주는 바로 서호가 있는 곳이다. 송나라가 망할 때에 1품 대신들이 국사를 돌보지 아니하고 풍악만 일삼아 매일 취하면서 서호의 고운 풍경을 서시에게 비하였으니 어찌 망극한 일이 아니겠는가. 그 땅을 지나 두세 달 만에 연경에 도착했다. 유 주부는 자사에게 예의 차려 인사하고, 자사는 주부를 만나 본 뒤 객실로 인도하여 전송하였다. 주부가 물러 나와 유배지로 들어가니, 이때는 동절기였다. 연경은 본디 극한(極寒)의 땅이라 백설이 세 길이나 쌓여 있고, 퇴락한 객실 방에 냉풍은 소슬하고 백설은 날리어 인적이 끊어지니 불쌍하고 고달픔을 어찌 다 헤아릴 수 있겠는가.

간신들, 유충렬 모자를 죽이려 하다

각설, 이때에 정한담과 최일귀가 유 주부를 모함하여 유배 보낸 후에 교만해져서 별당으로 들어가 옥관도사에게 황제를 내쫓을 묘책을 물었다. 도사는 문밖에 나와 천기(天氣)를 자세히 보고 들어와 말하였다.

"요사이 밤마다 살펴보니 두려운 일이 황성에 있습니다."

한담이 물었다.

"두려운 일이라 하오니 무슨 일이 있습니까?"

"천상의 삼태성이 황성을 비추고 있는데 그 가운데서도 유심의 집에 비추었습니다. 유심은 비록 연경에 갔으나 신기한 영웅이 황성 내에 살아 있으니 그대가 도모할 일이 어려울 것 같습니다."

한담이 이 말을 듣고 사랑채로 나와 일귀에게 전해 주었다. 일귀가 대답하였다.

"도사의 신이함은 천신보다 뛰어난데, 신기한 영웅이 황성 내에 있다하니 진실로 두렵습니다."

한담이 말하였다.

"내 생각하니 유심이 나이가 늦도록 자식이 없는 고로 수년 전에 형산에 산제(山祭)하여 자식을 얻었다 하오. 도사의 말씀이 황성에 있다함은 유심의 아들인가 의심스럽소."

일귀가 말하였다.

"분명히 그러하다면 유심의 집을 함몰(결판내어 없앰)하여 후환이 없게함이 옳을까 합니다."

한담이 "옳다" 하고 그날 삼경(밤 11시~새벽 1시)에 가만히 승상부에 나와 나졸 십여 명을 차출하여 유심의 집을 둘러싸고 화약과 염초를 갖추어 그 집 사방에 묻어 놓고 심지에 불을 붙여 일시에 불을 놓기로 약속을 정하였다.

이때에 장 부인은 유 주부와 이별한 후 충렬을 데리고 한숨으로 세월을 보내고 있었다. 이날 밤 삼경에 홀연히 피곤하여 잠자리에서 졸고 있는데, 이때 어떤 한 노인이 홍선(붉은 부채) 한 자루를 가지고 와서 부인에게 주며 말하였다.

"오늘밤 삼경에 큰 변이 있을 것이니 이 부채를 가지고 있다가 불꽃이 일어나거든 부채를 흔들면서 후원 담장 밑에 숨었다가, 충렬만 데리고 인적이 끊어진 후에 남쪽 하늘을 바라보고 끝없이 도망하라. 만일 그렇지 않으면 옥황께서 주신 아들이 불길 속에서 고혼(孤魂, 외로운 혼령)이 되리라."

그 말을 남기고 문득 간 데 없거늘 놀라 깨어 보니 남가일몽(南柯一夢, 일장춘몽. 하룻밤의 꿈)이었다. 충렬이 잠이 깊이 들었는데 과연 홍선 한 자루 이불 위에 놓여 있었다. 부인은 부채를 손에 들고 충렬을 깨워 앉히고 근심이 되어 잠을 이루지 못하였다. 그때에 삼경이 되니 한줄기 광풍이 일어나며 난데없는 불이 사방으로 일어났다. 웅장한 누각이 화로에 눈송이 녹듯 사라지고 앞뒤에 쌓인 세간 추풍낙엽(秋風落葉, 가을바람에 떨어지는 낙엽)이 되었다.

부인은 당황하면서도 충렬의 손을 잡고 홍선을 흔들면서 담장 밑에 은신하였다. 불꽃이 하늘을 뒤덮고 재가 땅에 가득하니 산같이 쌓인 물건들이 불에 소멸하였으니 어찌 슬프지 않으랴.

사경이 되니 인적이 끊겨 고요해졌다. 다만 중문 밖에 군사 둘이 지키고 있어 문으로 못 나가고 담장 밑을 배회할 수밖에 없었다. 창연히 빛나는 달빛 속으로 두루 살펴보니 겹겹의 담장 안에서 나갈 길이 없었다. 다만 물 흐르는 수챗구멍이 보이거늘, 충렬의 옷을 잡고 그 구멍에다가 머리를 넣고 엎드려 나왔다. 겹겹이 쌓인 담장 수채를 다 지나 중문 밖에 나섰으니, 충렬과 부인의 몸이 모진 돌에 긁혀 백옥 같은 몸에 피가 흐르고 달빛같이 고운 얼굴 진흙 빛이 되었으니 불쌍하고 가련함은 천지도 슬퍼하고 강산도 슬픔에 젖었다.

충렬을 앞에 안고 사잇길로 나와 남천을 바라보며 한없이 도망치다가 한 곳에 다다르니, 옆에 큰 산이 있었다. 높기는 만 길이나 하고 봉우리에 오색구름이 사면으로 어리었다. 자세히 보니 하늘에 제사지내던 남악 형산이었다. 예전에 보던 얼굴이 부인을 보고 반기는 듯 뚜렷한 천제당이 완연히 보였다. 부인이 슬픈 마음을 금치 못하여 충렬을 붙들고 대성통곡하였다.

"너 이 산을 아느냐? 칠 년 전에 이 산에 와서 산제하고 너를 낳았는데 이 지경이 되었으니, 너의 부친은 어디 가고 이런 변을 모르는가. 이 산을 보니 네 부친 본 듯하다. 통곡하고 싶은 마음 어찌 다 헤아리리."

충렬이 그 말 듣고 부인의 손을 잡고 울며 말하였다.

"이 산에 산제하고 나를 낳았단 말인가요. 적실히(정말) 그러하면 산신은 이러한 사연을 알 텐데 산신도 무정하네요."

부인이 이 말을 듣고 목이 메어 말을 잇지 못하거늘 충렬이 위로하였다. 이윽고 진정하여 충렬을 앞세우고 변양수를 건너서 회수 가에 다다르니 날은 이미 서산에 걸려 있다. 멀리 보이는 마을에 저녁 짓는 냄새가 나고 푸른 강에서 놀던 물새는 수양버들 속에 날아들고 푸른 하늘에 뜬 까마귀 저녁 구름 사이로 울며 들어갔다. 바닷가를 바라보니 멀리 항구로 가는 돛대 위에 저문 안개 끼어 있고 강촌에 어부의 피리 소리 가랑비 속에서 흩날렸다.

부인이 슬픈 마음 진정하고 충렬의 손을 잡고 물가를 오락가락했다. 그러나 건너갈 배가 전혀 없어 하늘을 우러러 탄식하였다.

한편, 정한담과 최일귀가 유심의 집에다가 불을 놓고 엿보니, 한줄기 광풍에 불꽃이 일어나 큰 누각은 물론 한 조각 물건도 없이 사라졌다. 그 안에 든 사람 씨도 없이 다 죽겠다 하고 별당에 들어가 도사를 보고 다시 물었다.

"예전에 우리들이 큰일을 이루고자 하였는데 선생의 말씀이 영웅이 있다 하고 근심하였지요. 이제도 그러한지 다시 살펴보시오."

도사 밖에 나와 천기를 살펴보고 방으로 들어와 말하였다.

"이제는 삼태성이 황성을 떠나 변양 회수에 비쳤으니 그 일이 수상합니다. 내 생각하니 유심의 가족들이 유배지를 찾으려고 회수 가에 갔는가 싶군요."

한담이 이 말을 듣고 속으로 생각했다. 불꽃이 그렇게 장엄했으니 모두 소멸하여 죽는 게 당연하지만, 영웅이라면 벗어나도 이상하지 않다 싶었다. 사랑채에서 나와 날랜 군사 다섯 명을 속출하여 분부하였다.

"너희들은 바삐 오늘 밤 안에 변양 회수 가로 가라. 내 명령이라 하고 오늘 내일 사이에 어떠한 여인이 어린아이를 데리고 물을 건너려 하거든 즉시 결박하여 물에 넣으라고 일러라. 만일 그렇지 아니하면 회수의 사공과 너희들을 낱낱이 죽이리라."

나졸이 크게 놀라 나는 듯이 회수로 달려갔다. 과연 물가에 인적이 있어 여인의 울음소리 들리거늘 사공을 불러내어 한담이 하던 말을 낱낱이 전했다. 사공이 크게 놀라 대답하였다.

"감히 대감의 명을 죽자고 피하오리까."

그리고 작은 배 한 척을 대고 기다렸다.

장 부인과 유충렬, 만경창파에서 헤어지다

부인이 충렬을 데리고 건널 배가 없어 물가에서 주저하던 차에 난데없는 한 척 작은 배가 떠 왔다. 부인이 태워 달라고 청하고는, 그 간계를 모르고 충렬을 이끌고 배에 올랐다. 바다 가운데 이르니 한줄기 광풍이 일어나며 양 돛대가 선창에 자빠지고 난데없는 적선(도적의 배)이 나타났다. 무수한 적군들이 사면으로 달려들어 부인을 결박하여 적선에 추켜 달고 충렬은 물 가운데 내던졌다. 가련하다! 유 주부의 천금 귀자(貴子, 귀한 아들)가 백사장 가랑비 속에서 주인 없는 고혼 되겠구나. 만경창파 깊은 물에 풍랑이 일어나니 일점혈육 충렬의 백골인들 찾을쏘냐, 육신인들 건질쏘냐. 달빛은 창백하고 근심스런 기색은 적막하여 덧없는 구름 속에 강신(江神)이 우는 소리 강산도 슬퍼하고 천신(天神)도 슬픔에 젖었거든 하물며 사람이야 말해 무엇하랴.

이때에 장 부인이 도적에게 결박당하여 배 안에 거꾸러졌다. 충렬을 찾은들 물속에 빠졌으니 대답할 수 있을쏘냐. 한 번 불러 대답 않고 두 번 불러 소리 없으니 천만 번을 넘게 부른들 소리 점점 없어지고, 사면에 있는 것은 흉악한 도적놈이다. 노를 바삐 저어 부인을 재촉하여 소리 말고 가자 한다. 부인이 슬퍼하며 물에 빠져 죽고자 한들 큼직한 배의 닻줄로 연약한 가는 몸을 사면으로 얽었으니 빠질 길이 전혀 없고 목을 매어 죽자 한들 곱고 가녀린 수족(手足)을 빈틈없이 결박하였으니 목을 맬 길이 전혀 없다. 도적의 배에 실려 잡혀갈 수밖에 없었다. 어느덧 동방이 밝아 왔다. 도적이 한 곳에 배를 매고 부인을 잡아내어 말 위에 앉히고 채찍질하여 달려가니 세상에 이보다 불쌍한 일이 있겠는가.

장 부인, 수적에게 잡혀가다

이때, 회수 사공 마룡이라 하는 놈이 세 아들을 두었는데 다 용맹하고 검술이 신묘하였다. 맏아들 이름이 마철인데, 일찍 아내를 잃고 아직 새장가를 가지 못하였다. 마침 장 부인의 얼굴을 보니, 달 같은 자태는 감추었으나 꽃 같은 얼굴은 늙지 않았고, 근심스런 표정이 가득하나 골격이 수려하여 아직은 아름다움이 그대로였다. 장 부인이 충렬을 낳을 때에 옥황상제께서 선녀를 보내 천도 한 개를 먹게 하였으니 나이는 인생의 반이나 지났으되, 아름다움은 변하지 않은 것이다. 그런고로 회수 사공 놈이 충렬을 물에 넣고 부인은 데려다가 아내를 삼고자 하여 이런 변을 저지른 것이었다.

장 부인이 할 수 없이 도적의 말에 실려 한 곳에 다다르니, 태산 험한 고개의 바위에 의지하여 몇 개의 집으로 이루어진 마을이 있었다. 날이 밝아 돌길 아래 초가집 안으로 들어갔다. 큰 굴방이 있는데 사면이 주석으로 싸여 있고 출입하는 문은 철편으로 지어 달았다. 그 방에 부인을 가두니 가련하다, 장 부인이여! 팔자도 이럴 수 없고, 신세도 망측하다. 대대로 장 상서 규중 여자로 유씨에게 출가하여 나이가 인생의 반이 넘도록 자녀가 없다가 다행히 자식 하나 두었더니, 만리 연경에 가군(家君, 남편)을 잃고 천리 해상에 자식을 잃었으되 모진 목숨 죽지 못하고 도적놈에게 잡혀 와 이 지경이 되었다. 하얗게 꾸민 벽과 비단 바른 창은 어디 두고 도적놈의 토굴방에 앉았으며, 천금 같은 자식 잃고 만금 같은 가군 이별하고 나 혼자 살았는가. 저승에 돌아간들 유 주부를 어찌 보며, 이승에 살아 있은들 도적놈을 어찌 볼꼬. 무수히 통곡하다 기운이 다하여 토굴 속에 누웠다. 한 계집종이 저녁밥을 차려 왔으나 기운이 빠져 먹지 못하고 도로 보내니, 또 미음을 가지고 와서 먹기를 권하였다. 부인이 마음속으로 생각하기를, 내 아들 충렬은 천신이 감동하고 신령이 돕는 아이라 나중에 응당 귀히 될 것이니 내가 장차 연경으로 가서 주부를 데리고 충렬을 볼 텐데 인제 죽으면 후회하리라 하고 억지로 일어나 앉아 미음을 마셨다.

계집종이 반겨 적장에게 알리니 도적이 크게 기뻐하여 그날 밤에 토굴방에 들어가 예를 차리고 앉으며 말하였다.

"부인이 이런 누추한 곳에 와 나 같은 이를 섬기고자 하니 진실로 감격스럽소."

부인이 그 말을 듣고는 분한 마음이 하늘을 찔렀다. 그러나 신세를 생각하면 연하고 약한 몸이 함정에 빠진 호랑이 같으므로 할 수 없어 거짓 답하였다.

"팔자 기박하여 물속에서 죽게 되었더니 그대가 나 같은 잔명(殘命, 남은 목숨)을 도와 백년 동거하고자 하니 감격하온 말씀 어찌 다 말할까요. 다만 미안한 일이 있으니 금월 초삼일은 나의 부친 기일(忌日, 제삿날)입니다. 아무리 여자라도 부친의 제삿날을 맞아 어찌 길례(吉禮, 혼례)를 지내겠습니까. 또한 백년을 해로하려면 당연히 날짜를 가려야지요."

도적이 그 말을 듣고 즐거운 마음을 헤아릴 수 없어 정답게 말했다.

"진실로 그렇다면 장인의 제삿날에 사위가 되어 어찌 정성을 다하지 않겠소? 제물을 극진히 장만할 것이니 부디 염려 말고 안심하시오."

부인이 감사 인사를 하며 조금도 의심치 아니하고 반겼다. 도적이 감격하여 다른 뜻이 없을 줄 알고 안으로 들어가 계집종을 보내어 부인을 모시라 하였다.

계집종이 들어와 곁에 누워 잠이 깊이 들었다. 인적이 고요해지자 부인이 그날 밤 삼경에 도망하여 나왔다. 방에서 자던 계집종이 문득 잠을 깨어 만져 보니 부인이 간 데 없고 중문이 열려 있으므로 부인을 부르며 쫓아 나왔다. 부인이 크게 놀라 거짓으로 앉아 뒤보는(용변을 보는) 체하고 계집종을 꾸짖었다.

"며칠 동안 고생한 탓에 목이 마르기로 냉수를 많이 먹었더니 배가 편치 않아 나와서 뒤를 보는데, 네 어찌 소란을 피워 집안을 놀라게 하느냐?"

계집종이 무안하여 방으로 들어갔다. 부인도 어쩔 수 없이 방으로 들어가 잤다. 그 밤이 지나고 이튿날 도적놈이 부인의 말에 속아 종들을 데리고 제물을 장만하고 있었다. 부인이 목욕하고 방으로 들어와 사면을 살펴보니 동쪽 벽 위에 무엇이 놓여 있었다. 펼쳐 보니 기묘하였다. 나무도 아니고 돌도 아니요, 옥도 아니고 금도 아니었다. 광채 찬란하여 햇빛을 가리고 운색(暈色, 광물의 표면에 보이는, 희미한 무지개 같은 빛깔)이 휘황하여 눈이 부셨다. 천지조화를 모서리마다 모았고 강산의 정기는 복판마다 새겼으니, 고금에 못 보던 옥함(玉函, 옥으로 만든 상자)이었다. 용궁의 조화 아니면 천신의 솜씨였다. 앞면을 살펴보니 황금으로 큰 글자를 뚜렷이 새겼는데 '명나라 도원수 유충렬은 열어 보라' 하였다. 부인이 옥함보고 크게 놀라 얼굴색이 변하여 생각하였다.

"세상에 동성동명이 또 있단 말인가? 진실로 내 아들 충렬의 물건일진대 어찌 이곳에 있는고. 충렬아, 너의 옥함은 여기 있다마는 너는 어디 가고 너의 물건을 모르느냐."

옥함을 고쳐 싸서 그곳에 놓고 밤이 되기를 기다렸다. 밤이 되니 도적놈이 제물을 많이 장만하여 부인의 방에 들여왔다. 부인이 받아 차례로 상 위에 놓았다. 한밤중이 지나 제사를 끝내고 제사 음식을 먹은 후 각각 잠을 잘 때, 도적놈이며 종들이며 종일토록 피곤하여 가족이 다 잠이 들었다. 부인이 옥함을 내어 행장에 깊이 싸 가지고 밖으로 나왔다. 북두칠성을 바라보며 한없이 도망하다가, 한 곳에 다다르니 날이 이미 밝았고 큰길에 닿아 있었다. 행인더러 물으니 영릉관 대로라 하였다. 주점에 들어가 아침을 얻어먹고 종일 가되 몇 리를 왔는지 몰랐다.

한 곳에 당도하니 앞에 큰물이 있고, 풍랑은 하늘에 닿을 듯하며 창파는 만경이었다. 사방에 사람의 자취 없는데 청산만 푸르러 있고, 십리 긴 강의 빈 물가에 궂은비는 무슨 일인지. 무심한 저 갈매기는 사람 보고 놀래는 듯 이리저리 날아가고, 슬픈 마음 긴 한숨에 피 같은 저 눈물 뚝뚝 떨어져 백사장에 내려지니, 모래 위에 붉은 점이 복숭아꽃 흐드러지게 핀 듯하고, 무정한 저 물새는 봄의 나라인가 날아들고, 유의한 맑은 물 소리는 속절없이 목 메이니 어찌 한심하지 않으리.

부인은 종일토록 걸어 기운이 피곤하였다. 인가를 찾아가 밤을 지내고자 하나 배가 없어 물가에서 주저하고 있었다. 이때 서산에 해가 지고 찬 물에 어둠이 깔리니 진퇴유곡(進退維谷, 앞으로 갈 수도 뒤로 물러날 수도 없음)이었다. 할 수 없이 물가를 찾아가니 그 길이 끊어지지 아니하고 산곡 사이로 이어져 있었다. 길을 잃지 아니하려고 점점 들어가니 사람 없어 적막한데 다만 들리는 소리는 두견 접동 울음소리와 슬픈 원숭이 소리뿐이었다. 우거진 숲 속에서 더위잡아(높은 곳에 오르려고 무엇을 끌어잡아) 골짜기의 물을 밟아 가니 밝은 달빛 속에 몇 개 초가집이 보였다. 반가워 급히 들어가니 사립문에 개 짖으며 한 노파 문밖으로 나왔다. 노파 보고 인사를 하니, 노파가 답례하고 방으로 들어가자 하였다. 부인이 들어가 앉으며 살펴보니 사면에 여자옷은 없고 남자옷만 걸려 있었다. 또한 곁방에서 남정네 소리가 나니 심신이 불안하여 편히 앉지 못하였다. 저녁밥을 먹은 후에 노파 할미가 물었다.

"그대는 뉘 집 부인이신데 어찌 혼자 이곳에 오셨습니까?"

부인이 대답하였다.

"나는 본디 황성 사람으로 친정에 갔다가 바다에서 수적을 만나 겨우 도망하여 이곳에 왔습니다."

노파 이 말을 듣고 곁방으로 들어가 자식더러 일렀다.

"저 여인의 말을 들으니 매우 이상하다. 수일 전에 들으니 석장동 당질(5촌 조카) 놈이 회수 사공 노릇하다가 이달 초에 바다에서 한 부인을 얻어 백년 동거하고자 한다더라. 저 여인의 말이 수적을 만나 도망하여 왔다 하니 정녕코 당질 놈이 얻은 계집이다. 바삐 이 밤 삼경에 석장동으로 달려가서 마철을 보고 이 계집을 데려가게 해라."

노파 자식이 이 말을 듣고 급히 후원에 들어가 말 한 필 내어 타고 바삐 채찍질하여 나섰다. 본디 이 말은 천리마여서 순식간에 석장동에 당도하였다.

이때에 장 부인은 행역에 피곤하여 노파 방에서 잠이 깊이 들었다. 비몽 간에 한 노옹(늙은 남자)이 거드름 피우며 들어와 부인 곁에 앉더니 말하였다.

"오늘밤에 큰 변이 날 것인데 부인은 어찌 주무십니까? 급히 일어나 동산으로 올라가 은신하였다가 변이 일어나거든 바삐 물가에 내려가시오. 그러면 표주박으로 만든 작은 배 하나가 물가에 있을 것이니 그 배를 타고 급히 환(患)을 면하시오. 만일 그렇지 아니하면 천금 귀체(貴體, 귀한 몸)를 안보하기 어려울 것이오."

그 말을 남기고 간 데 없거늘 놀라 깨어나니 남가일몽이었다. 급히 일어나 보니 노파도 간 데 없었다. 행장을 옆에 끼고 동산에 올라가 은신하고 동정을 살펴보니, 과연 남쪽에서 한 방의 포 소리 나며 불길이 하늘 가득하던 가운데 무수한 도적이 사방을 에워쌌다. 그중 한 도적이 소리를 질렀다.

"그 계집이 여기 있느냐?"

소리가 산골짜기에 진동하니 부인이 크게 놀라 지척을 분별치 못하고 허겁지겁 동산을 넘어 물가에 다다랐다. 사방에 사람이 없어 적막한데, 난데없는 표주박 같은 작은 배가 물가에 묶여 있었다. 배 안에는 한 선녀가 선창 밖으로 나와 부인을 재촉하여 배 안에 들라 하니, 부인이 당황하며 배에 올라 선녀를 보았다. 머리 위에 옥으로 만든 연꽃을 꽂고 손에는 봉황의 꼬리털로 만든 부채를 들고 푸른 저고리 붉은 치마에 백옥패(白玉佩)를 찼으니, 짐짓 선녀요, 인간계 사람이 아니었다. 부인이 황송하여 몸을 굽혀 절하였다.

"복 없는 천첩을 이렇게 구해 주시니 선녀의 깊은 은덕을 어찌 다 갚으리까?"

선녀가 대답했다.

"소녀는 남해 용왕 장녀입니다. 오늘 부왕이 분부하시기를, 명나라 유충렬의 모친 장 부인이 오늘밤에 도적의 변을 볼 것이니, 네 바삐 가서 구해 주라 하시기로 왔습니다. 부인의 운명은 상제도 아는 바인데, 소녀 같은 계집에게 무슨 은혜가 있다 하겠습니까."

부인이 상제께 감사를 드리려고 하는데, 어느새 도적이 벌써 물가에 다다랐다. 포를 한 번 쏘니, 난데없는 불길은 강물이 끓는 듯하고 한 척 작은 배에 양돛을 높이 달아 쏜살같이 달려드니 부인이 탄 배에서 두어 발 거리밖에 안 되었다. 적선 중 한 도적이 창검을 높이 들고 선창을 두

드리며 고함을 질렀다.

"네 이년, 어디로 가느냐? 천신이 아니거든 물속으로 들어갈까. 가지 말고 게 있거라. 나의 호통 한소리에 나는 새도 떨어지고 달아나는 짐 승도 못 가거든, 요망한 계집이 어디로 가려 하는가."

이렇듯이 소리치니 배 가운데 있는 부인의 혼백이 있을쏘냐. 당황하여 돌아보니 도적의 배 선창으로 달려든다. 부인이 할 수 없이 통곡하며 말하였다.

"무지한 도적놈아, 나는 남경 유 주부의 아내이며 간신의 모함을 받아 이 지경이 되었으나 너의 아내가 될 수 있느냐. 차라리 물에 빠져 맑고 깨끗한 고혼이 되리라."

도적이 이 말을 듣고 분한 마음에 하늘을 찔러 창검으로 냅다 쳐서 부인이 탄 배를 거의 잡게 되었다. 그런데 난데없는 광풍이 동남쪽에서 일어나며, 백사장 쌓인 돌이 바람에 흩날려 비 온 듯이 떨어졌다. 만경 창파 깊은 물, 풍랑이 도도하여 벽력같이 내려지니 강산도 두려워하는데 도적놈의 작은 배가 어이 견딜쏘냐. 풍랑 소리 천지가 진동하며 적선의 양 돛대가 부러져 물속으로 떨어졌다. 천하 항우 장사라도 해상에서 배를 타고 가자 한들 돛대가 없으니 어디로 가리오. 적선은 하릴없이 빈 배만 둥둥 떴다. 부인의 작은 배는 용왕의 배라 바람 분들 부서지겠는가. 둥실둥실 바다 가운데에서 높이 떠 쏜살같이 달아나는데, 그 배 앞은 고요하여 창파는 잔잔하고 달빛은 은은하였다. 옥황상제가 분부하여 용왕이 주신 배이니 염려가 있을쏘냐.

순식간에 배를 언덕에 대고 부인을 인도하여 바위 위에 내려 주었다.

부인이 정신을 진정하여 무수히 감사하며 행장을 수습하여 물가로 올라갔으나 기운이 다하여 한 걸음도 내딛기가 어려웠다.

종일토록 가다가 한 곳에 다다르니 산천은 수려하고 지형은 단정하였다. 이 땅은 천덕산 할임동이었다. 그곳에 당도함에 날이 또 저물었다. 부인이 매우 피곤하여 물가에 쉬어 앉아 잠깐 조는데, 예전에 꿈에 나타났던 노옹이 부인을 깨웠다.

"부인에게 나쁜 일이 이제 끝났으니, 이 산골짜기로 들어가면 자연 구할 사람이 있을 것이오. 바삐 가시오."

놀라 깨어 보니 청산은 울창하고 시냇가는 잔잔하였다. 일어나 차차 들어가는데, 백옥 같은 고운 수족으로 험악한 산골짜기를 발 벗고 들어가니 모진 돌에 채이며, 모진 나무에도 채이고, 열 발가락이 하나도 성한 데 없어 피가 낭자하게(여기저기 흩어져 어지럽게) 흘렀다. 몸이 흉측하니 세상이 귀찮았다. 달과 같은 태도, 꽃과 같은 고운 얼굴에 수심이 가득하여 피골(皮骨, 가죽과 뼈)이 상련(相連, 서로 붙음)하니 살 마음이 전혀 없어 죽을 마음만 간절하였다. 슬피 앉아 울며 말하였다.

"만 리 연경을 가자 하니 연경이 사만 오천 육백 리라. 여자의 몸으로 천 개의 산, 만 개의 강을 어찌 가며, 몇 날 되지도 않아 이러한 변을 당하는데 연경으로 가다가는 내 절개 잃고, 내 목숨 살 수 없겠다. 차라리 이곳에서 죽어 백골이나 고향으로 흘러갈꺼나. 남은 혼백이라도 황성을 다시 보리라."

행장을 끌러 옥함을 내놓고 비단 수건으로 주홍 글자를 새겨 썼다.

"모년 모월 모일에 명나라 동성문 안에 사는 유충렬 모 장씨는 옥함을 내 아들 충렬에게 전하노라. 죽은 혼백이라도 받아보라."

한 자 한 자 새겨 쓴 뒤 수건으로 옥함을 매어 물속에 넣고 대성통곡하며 치마를 덮어쓰고 물에 빠져 죽으려고 하였다. 그때 산골짜기 사이로 어떤 여인이 동이를 곁에 끼고 금간수에서 물을 긷다가 부인을 보고 급히 내려와 만류하며 바위에 앉히고 물었다.

"부인은 무슨 일로 이러하신고. 내 집으로 가자."

부인이 문득 노인이 현몽(現夢, 죽은 사람이나 신령이 꿈에 나타남)하던 말을 생각하고 따라가니, 바위 위의 돌길 사이에 몇 채의 초가집이 깨끗하고 기묘하다. 아름다운 빛을 띤 구름이 어리었으니 군자 사는 데요, 신선 있는 곳이었다. 방으로 들어가 보니 갈포(칡으로 짠 베)로 만든 옷이 벽 위에 걸려 있고, 만 권의 서책은 책상 위에 놓여 있었다. 부인의 마음이 반갑고 안정되어 고생하던 전후 이야기와 연경을 찾아가다가 도중에 봉변을 당한 일을 낱낱이 고하였다. 주인도 눈물을 흘리고 손님도 슬피 우니 그 아니 가련한가.

원래 이 집은 명나라 성종 때에 벼슬하던 이인학의 아들 이 처사의 집이었다. 인학의 모친은 유 주부의 종숙모인데 이별한 지 몇 년이 되었다. 처사는 마음이 청백하고 행실이 분명하여 벼슬에 있다가 하직하고 산속에 들어와 농업에 힘쓰며 학업을 일삼으니 심양강 오류촌의 도처사(중국 동진의 시인 도연명)의 행실이요, 부춘산 칠리탄에 엄자릉(한나라 학자 엄광. 벼슬을 사양하고 은거함)의 절개였다. 세상 공명은 장자방(한나라의 개국공신 장량. 건국 이후 속세를 떠나 은거함)이 곡식을 멀리하듯 하고, 인간 부귀는 소태부(한나라의 학자 소광. 하사받은 금을 친족들에게 나눠 주고 벼슬을 그만둠)가 금을 흩뿌리듯 하니 만고에 한 사람이요, 이 시대에 하나였다. 뜻밖에 부인의 말을 듣고 크게 놀라 중당에 맞아 예를 마친 후에 전후를 다 듣지 못하고 눈물을 흘렸다.

"주부 처숙(妻叔, 아내의 작은아버지)을 이별한 지 몇 년이라, 그토록 사람의 일이 변하여 이 지경이 될 줄 어찌 알았겠습니까."

서로 울며 위로하고 음식과 거처를 편히 공양하였다. 부인은 몸은 탈이 없으나 다만 가슴속에 맺힌 한을 항상 간직하며 세월을 보냈다.

유충렬, 강 승상을 만나 도움을 받다

각설, 이때에 충렬은 모친을 잃고 물에 빠져 살 길이 없었으나, 문득 두 발이 닿거늘 자세히 살펴보니 물속의 큰 바위였다. 그 위에 올라앉아 하늘을 우러러 어머니를 찾으나 간 데가 없다. 사면을 돌아보니 청산은 은은하고 다만 들리는 것은 물소리뿐이었다. 강가에 낭자한 원숭이 소리 삼경에 슬피 우니 충렬이 통곡하며 서 있었다. 이때에 남경 장사들이 재물을 많이 싣고 북경으로 떠나가다가 회수에 배를 놓아 둥실둥실 중류로 내려가는데, 처량한 울음소리 바람 편에 들려 왔다. 선인들이 이상히 여겨 배를 바삐 저어 우는 곳을 찾아가니 과연 한 동자가 물에서 슬피 울고 있었다. 급히 건져 배 가운데 놓고 이유를 물었다.

"바다에서 수적을 만나 어미를 잃고 우나이다."

선인들이 슬픔에 젖어 물가에 내려 주고 갈 데로 가라 하며 배를 띄워 북경으로 행하였다.

충렬은 선인을 이별하고 정처 없이 다니기 시작하였다. 마을마다 구걸하여 먹고 곳곳에 잠자리를 빌렸다. 아침에는 동쪽이요 저녁에는 서쪽이니 추풍낙엽과 같고, 오가는 곳에 인적은 끊어지니 푸른 하늘에 뜬 름이었다. 얼굴이 비쩍 말라 죽은 사람 같고 행색이 가련하였다. 가슴 속에 대장성은 때 속에 묻혀 있고, 등 위에 삼태성은 헌 옷 속에 묻혔으니 활달한 남자가 도리어 걸인이었다. 부열(은나라 재상)이도 무정(은나라 고종)을 만났고, 밭만 갈던 이윤(은나라 재상)이도 은왕 성탕을 만났고, 위수에 여상(주나라 문왕의 스승)이도 주의 문왕을 만났건만⋯⋯. 흐르는 물 같은 세월이 훌훌 흘러가, 충렬의 고운 나이 십사 세가 되었다. 천지를 집으로 삼고 사해에 밥을 부쳐 길에서 빌어먹다가 한 곳에 다다르니 이 땅은 초나라였다. 영릉을 지나다가 긴 모래사장을 바라보고 물가에 다다르니 창망한 빈 물가에 슬픈 원숭이 소리만 들렸다. 백사장 가랑비에 흰 갈매기는 날아오고 날아갈 뿐이었다. 뒤를 돌아보니 푸른 대나무와 소나무가 우거지고 적막한 옛 정자가 풍랑 속에 보였다. 그곳에 올라가니 이 물은 멱라수요, 이 정자는 유 주부가 글을 쓰고 물에 빠져 죽고자 하던 회사정이었다. 마음이 절로 슬픔에 젖어 정자에 올라가 사면을 살펴보니, 제일 위에는 굴삼려의 행장(行狀, 떠날 채비)이 붙어 있고 그 밑에는 만고 문장 풍월이며 행인 과객 여행 기록이 사면에 붙어 있었다.

동쪽 벽 위에 새로 두 줄 글이 있으므로 그 글을 보니 '모년 모월 모일에 남경 유 주부는 간신의 해를 보고 연경으로 유배 가다가 멱라수에 빠져 죽노라' 하는 글이었다. 충렬이 그 글을 보고 정자 위에 거꾸러져 대성통곡하였다.

"우리 부친이 연경으로 간 줄만 알았더니 이 물에 빠졌구나. 나 혼자 살아나서 세상에 무엇하리. 회수에서 모친 잃고 멱라수에서 부친 잃었으니 무슨 면목으로 세상을 살아갈까. 나도 함께 빠지리라."

하고 물가에 내려가니 충렬의 울음소리 용궁에 사무쳤다. 천신인들 무심할까.

이때에 영릉 땅에서 사는 강희주라 하는 재상이 있었다. 소년 시절 과거에 급제하여 승상을 지냈다. 간신의 모함을 받아 사임하고 고향에 돌아왔으나, 충심이 국가를 잊지 못하여 매양 황제의 잘못된 결정이 있으면 상소를 올렸다. 조정이 그 직간을 꺼리되 그중에 정한담과 최일귀가 가장 미워하였다. 마침 본부(본디 살던 곳. 본가)에 갔다가 돌아오는 길에 오른쪽 주점에서 잠을 자고 있었다. 비몽 간에 오색구름이 멱라수에 어리었는데 청룡이 물속에 빠지려 하면서 하늘을 향하여 무수히 통곡하며 백사장에서 배회하여 속으로 괴이하게 여겼다. 날 새기를 기다리던 중 닭 울음소리 나며 날이 바야흐로 밝아 오자 멱라수에 바삐 와 보았다. 과연 어떠한 동자 물가에 앉아 울고 있으므로 급히 달려들어 그 아이 손을 잡고 회사정에 올라와 자세히 물었다.

"너는 어떠한 아이이며, 어디로 가며, 무슨 이유로 이곳에 와 우는가?"

충렬이 울음을 그치고 대답하였다.

"소자는 남경 동성문 안에 사는 정언주부 유공의 아들입니다. 부친께옵서 간신의 모함을 받아 연경으로 유배 가시다가 이 물에 빠져 죽은 흔적이 회사정에 있는 고로 소자도 이 물에 빠져 죽고자 하옵니다."

강 승상이 이 말을 듣고 크게 놀라 낯빛이 변하여 말하였다.

"이것이 웬 말이냐. 최근 몇 년 동안 노환으로 황성에 못 갔더니 그토록 사람의 일이 변하여 이런 변이 있단 말인가. 유 주부는 한 나라의 충신이라. 같은 조정에서 벼슬하다가 나는 나이가 많기로 고향으로 돌아왔더니 유 주부가 이렇게 될 줄을 꿈에도 생각 못 하였다. 의외라, 지나간 일은 따지지 말고 나를 따라가자."

충렬이 말하였다.

"대인은 소자를 생각하여 가자고 하시나 소자는 천지간 불효자라 살아서 무엇하겠습니까. 모친이 변양 회수 중에 죽었고, 부친은 이 물가에 죽었사오니 소자 혼자 살 마음이 없습니다."

승상이 달래었다.

"부모가 함께 죽었는데 너조차 죽는단 말이냐. 세상 사람들이 자식 낳아 좋다 하는 것은 후사가 끊기지 않기 때문이다. 너조차 죽게 되면 유 주부 사당에 향을 피울 수 있겠는가. 잔말 말고 따라가자."

충렬이 할 수 없어 강 승상을 따라갔다. 그곳은 영릉 땅 월계촌이었다. 인가가 즐비한데 벽제(지위가 높은 사람이 오갈 때 행인들을 통제하던 일) 소리 요란하고, 거대한 누각이 하늘 높이 솟았는데 문과 창을 아름답게 꾸민 집들이 있고, 고급 수레가 왕래하는데 인물이 준수하였다.

승상이 충렬을 사랑채에 두고 안으로 들어가 부인 소씨더러 충렬의 말을 낱낱이 하였다. 소씨 이 말을 듣고 충렬을 불러다가 손을 잡고 눈물을 흘리며 말하였다.

"네가 동성문 안에 사는 장 부인의 아들이냐? 부인이 나이가 많도록 자식이 없어서 나와 함께 매일 한탄하였다. 장 부인은 어찌하여 이런 아들을 두었다가 영화를 다 못 보고 저승 손님이 되었는고. 세상사 허망하다. 간신의 해를 입어 충신이 다 죽으니 나라인들 무사하랴. 다른 데 가지 말고 내 집에 있으라."

충렬이 감사의 절을 올리고 사랑채로 나왔다.

이때, 강 승상이 아들은 없고 다만 딸 하나를 두고 있었다. 부인 소씨가 딸아이를 낳을 적에 한 선녀 오색구름을 타고 내려와 소씨에게 말하였다.

"소녀는 옥황 선녀이온데 자미원 대장성과 인연이 있다가 옥황상제께서 소녀를 강씨의 집안에 보내셨기에 왔사오니 부인은 불쌍히 여겨 주시옵소서."

부인이 혼미한 가운데 딸아이가 태어났다. 용모가 비범하고 거동이 단정하며, 시와 글쓰기를 잘하고 음률(音律)을 모르는 것이 없으니, 여자 중에 군자요, 총명한 지혜는 짝을 이룰 사람이 없었다. 부모가 사랑하여 사윗감 고르기를 염려하고 있었다. 다행히 충렬을 데려다가 사랑채에 거처하게 하고 자식같이 길러 내다가 충렬의 상을 보니, 이루 말할 수가 없었다. 부귀와 작록(관작과 봉록)은 세상에 견줄 데가 없고, 영웅 준걸은 만고 제일이었다. 승상이 크게 기뻐 내당에 들어가 부인과 혼사를 의논하니 부인도 기뻐했다.

"나 역시 마음으로 충렬을 사랑하고 있고 승상의 말이 또한 그러하다면 여러 말 하지 말고 혼사를 지내옵소서."

승상이 밖에 나와 충렬의 손을 잡고 말하였다.

"네게 큰일을 부탁할 말이 있다. 늙은 아비 말년에 무남독녀를 두었는데 오늘 보니 너와 하늘이 정한 인연이 분명하구나. 이제 백년고락을 네게 의탁하려 한다."

충렬이 꿇어 앉아 눈물을 흘리며 여쭈었다.

"소자 같은 잔명을 구원하여 슬하에 두고자 하시니 감사하기 이를 데 없습니다. 다만 통탄할 일이 가슴속에 사무쳤습니다. 소자 박복하여 양친이 죽은 줄도 모르는데 처를 얻으면 세상의 죄인이 될 것입니다. 그것이 한스럽습니다."

승상이 그 말 듣고 슬퍼하여 충렬의 손을 잡고 말하였다.

"그것도 때에 따라 임시방편으로 해야 하는 것이다. 너의 집 시조도 일찍 부모를 여의고 장씨 가문에 장가가서 어진 임금을 만나 개국공신이 되었으니 조금도 서러워 말아라."

즉시 날을 정하여 길례를 행하니 신랑 신부의 아름다움이 선인적강이 분명하였다. 예가 끝나고 방으로 들어가 사면을 살펴보니 빛나고 빛난 것이 한 입으로 다 말하기 어렵고, 붓 하나로 다 기록하기 어렵다. 동방의 촛불 깊은 밤에 신랑 신부 평생 연분을 맺었으니 그 사랑한 말은 어찌 다 헤아리며 어찌 다 기록하리.

밤을 지낸 후에 이튿날 승상 부부를 뵈오니, 승상 부부 즐거운 마음을 이기지 못하였다.

강 승상, 바른 간언을 하다가 유배되다

이러저러 세월이 이렇게 흘러 유생의 나이 십오 세가 되었다. 이때에 승상이 현명한 사위를 얻어 말년에 근심이 없으나 다만 유 주부가 간신의 해를 보아 멱라수에서 죽은 것을 생각하니 분한 마음이 바로 일어났다. 나라에 글을 올려 유 주부의 원통함을 풀고자 하여 즉시 황성으로 가려 하니 유생이 만류하였다.

"대인의 말씀은 감격하오나 간신이 조정에 가득하여 국권을 쥐고 있으니 황제께서 상소를 듣지 아니할 것입니다."

승상이 듣지 않고 급히 행장을 차려 황성에 올라갔다. 퇴임한 재상 권공달의 집에 거처를 정하고 상소를 지어 승지를 불러 황제께 올리라 하였다.

그 상소는 이러하였다.

전 승상 강희주는 삼가 머리를 조아려 백 번 절하옵고, 상소를 폐하께 올리나이다. 황송하오나 충신은 국가의 근본 된 마음입니다. 간신을 물리치고 충신을 등용하사 어진 정치를 행하시고 덕을 베푸사 온 백성을 살피시면 소신 같은 병든 몸일지라도 옛날 순 임금의 풍모를 다시 만나 청산의 백골이나마 좋은 땅에 묻힐까 하였나이다. 허나 간신의 말을 들으시고 주부 유심을 연경으로 귀양 보내시니, 선인의 하신 말씀 어진 임금과 신하 보기를 하찮게 여겨 밖으로 충신의 입을 막고 간신의 악을 받아 국권을 빼앗았으니 어찌 한심하지 않겠습니까. 왕망이 섭정하매 왕실이 미약하고 회왕이 위태함에 항적이 죽었으니, 원컨대 황상은 깊이 생각하옵소서. 신이 비록 죽는 날이라도 은혜를 생각함이 바다와 같사오니 황상은 충신 유심을 즉시 풀어 주사 폐하를 돕게 하옵소서. 아뢸 말씀은 끝이 없으나 황송하와 그치나이다.

황제가 상소를 보시고 크게 노하여 조정에 내리어 보라 하셨다. 이때 정한담과 최일귀가 강희주의 상소를 보고 크게 분하여 즉시 궐내에 들어가 여쭈었다.

"퇴임한 신하 강희주의 상소를 보오니 대역죄에 덕 없는 짓이옵니다. 충신을 왕망에게 비하여 폐하를 죽인다 하오니 이놈을 법률로 다스려 능지처참하옵시고 다른 한편으로는 그의 삼족(三族, 아버지 쪽, 어머니 쪽, 처가 쪽 친족을 통틀어 이르는 말)을 멸하옵소서."

황제가 허락하니, 한담이 즉시 승상부에서 나와 나졸을 재촉하여 강희주를 잡아들이라 하였다. 나졸이 명을 듣고 권공달의 집에 가 강희주를 철망으로 결박하여 잡아갔다. 이때 강희주의 삼족을 멸하라 하는 말을 듣고 유생까지 잡혀갈까 하여 급히 편지를 만들어 집으로 보내고 철망에 싸여 금부로 들어가니, 백발이 흩어지고 피눈물이 얼룩졌다.

"충신을 구하다가 장안의 저잣거리에 주인 없는 고혼이 된단 말인가. 죽은 혼백이라도 용봉(龍逄, 하나라의 충신. 걸왕에게 간언하다 살해됨), 비간(比干, 은나라의 충신. 주왕에게 간언하다 살해됨)을 벗하여 역사에 길이 영화로운 것이요, 간신 정한담은 왕위를 뺏으려고 충신을 모함하여 원혼이 되게 하니 살아도 부끄럽지 아니하랴?"

무수히 원통함을 부르짖으며 금부로 들어갔다. 이때 정한담이 승상부에 높이 앉아 승상을 잡아들여 무릎 아래 꿇리고 죄를 헤아렸다.

"네 예전에 스스로 충신이라 하더니 충신도 역적이 된단 말인가?"

승상이 눈을 부릅뜨고 한담을 보며 말하였다.

"관숙(주나라 무왕의 아우. 역모를 꾀하다 같은 형제인 주공에게 살해됨), 채숙(관숙과 함께 난을 일으켰다가 살해됨)이 주공더러 역적이라 아니 하였느냐. 한데 양화(노나라의 정치가. 포악한 일을 많이 했음)가 공자더러 소인이라 함을 어제 들은 듯하노라."

한담이 크게 노하여 좌우 나졸을 재촉하여 수레 위에 높이 싣고 장안 저잣거리에 나왔다. 이때에 황제의 황태후는 강 승상의 고모였다. 승상을 죽인단 말을 듣고 급히 황제께 들어가 눈물을 흘리며 말하였다.

"강희주를 죽인다 들었는데 대체 무슨 죄를 지었소? 친정에서 혈육이라고는 다만 늙은 강희주뿐이오. 설사 죽일 죄가 있다 하여도 나를 보아 죽이지 말고 먼 지방으로 유배하길 바라오."

황제가 슬퍼하여 즉시 한담을 불렀다.

"죽이지 말고 유심과 마찬가지로 옥문관에 유배하라."

한담이 명을 듣고 마지못하여 옥문관에 유배하고 강희주의 일족을 다 잡아다가 관청 노비로 들이라 명하였다. 나졸들이 명을 받들어 영릉으로 내려갔다.

유충렬, 아내와 헤어지다

강희주 승상이 황성 가신 후로 유생은 밤낮으로 염려하고 있었다. 뜻밖에 강 승상의 편지가 왔으므로 급히 열어 보았다.

오호라! 노부는 전생에 죄가 중하여 슬하에 아들 없고 오직 딸 하나를 두었다. 다행으로 그대를 만나 부귀영화를 보려 하고 딸아이의 평생을 그대에게 의탁하였다. 허나 집안의 운이 그러한지 조물주가 시기한 것인지 충신을 구하다가 만 리 변방에 유배되어 생사를 모르게 되었으니 이러한 변이 또 있는가. 노부는 나이가 많아 풀 끝에 김 나고(풀잎 끝에 맺힌 이슬이 증발하는 것처럼 금방 사라진다는 뜻) 남은 생이 멀지 않아 이제 죽어도 서럽지 아니하거니와 딸아이의 일생을 생각하니 가련하고 불쌍하다. 천생연분으로 그대를 만났으나 신혼의 정이 미흡하여 이 지경이 되었으니 그 아이의 신세가 어찌 될지 가슴이 답답하다. 그러나 노부는 반역죄로 잡히어 철망을 씌워 옥문관으로 유배하고 나의 일족은 잡아다가 관청의 노비로 귀속시킨다 하며 나졸이 내려가니, 그대는 급히 집을 떠나 환을 면하라. 만일 신혼의 정을 못 잊어 도망치 아니하면 우리 두 집의 일점혈육이 젊은 나이에 고혼이 될 것이니 부디 도망하였다가 이후에 귀히 되거든 내 자식을 찾아 버리지 말고 백년해로하라. 나 죽은 날에 좋지 않은 술 한잔이라도 향불을 피운 후에 '승상은 일생 기르던 충렬의 손에 많이 흠향하고 가라' 하면 구천에 남은 혼이라도 한잔 술을 가득 쌓인 술과 고기로 알고 먹으며, 청산에 썩은 뼈도 봄바람을 다시 만나 그 은혜를 갚으리라.

충렬이 다 보고 낭자 방에 들어가 편지를 보여 주었다.

"전생에 명이 기박하여 일찍 부모를 여의고, 천지로 집을 삼고 사해로 밥을 부쳐 뜬구름같이 다니다가 다행히 대인을 만나 낭자와 백년언약을 맺었으나, 일 년이 다 못하여 이런 변이 있으니 어찌 슬프지 않으리오."

입었던 고의 한삼을 벗어 글 두 구절을 써 주며 말했다.

"다른 날에 봅시다."

낭자 이 말을 듣고 크게 놀라 낯빛이 변하여 유생의 옷을 잡고 대성 통곡하였다.

"노부 무슨 죄로 만 리 오랑캐 땅에 간다 하며, 청춘인 소첩 무슨 죄로 박명한가. 나 같은 여자는 생각 말고 급히 환을 면하소서."

붉은 치마 한 폭을 떼어 글 두 구절을 지어 주며 말하였다.

"급히 나가소서."

유생이 글을 받아 비단 주머니 속에 넌지시 넣고 소리를 놓아 울면서 하루를 보냈다. 낭자가 울면서 말하였다.

"낭군이 이제 가면 어느 날 다시 보며 어명이 매우 엄하여 관청의 노비가 되면 저승에 가 다시 볼까 하옵니다."

충렬이 슬피 울며 하직하고 가는 마음이 항우가 가을날 달 밝은 밤에 우미인(항우가 사랑하던 여인. 항우와 함께 위기에 처해 모면할 길이 없게 되자 자결함)을 이별하는 듯했다.

행장을 급히 차려 서쪽 하늘을 바라보며 정처 없이 떠났다. 신세를 생각함에 속절없는 눈물이 비 오는 듯이 떨어지니 장장천지(長長天地) 길고 긴 길에 앞이 막혀 못 가겠다. 서쪽 하늘 구름을 바라보고 한없이 길을 갔다.

소 부인은 자결하고, 강 낭자는 관비가 되다

각설, 이때 부인과 낭자가 유생을 이별하고 온 집안이 망극하여 울음 소리 떠나지 아니하였다. 불과 사오 일이 지나 금부도사가 내려와 월계촌에 달려들었다. 소 부인과 낭자를 잡아내어 수레 위에 싣고 군사를 재촉하여 황성으로 올라가며 한편으로는 집을 헐어 못을 파고 가니, 가련하다. 강 승상이 대대로 살던 집을 하루아침에 못을 파니 집오리만 둥둥 떠다녔다.

소씨와 낭자가 속절없이 잡혀 올라가다가 청수에 다다르니 해가 서산에 저물어 객실에 들어 자려고 하던 때였다. 금부 나졸 중에 장한이라 하는 군사가 있었다. 예전에 강 승상이 벼슬할 때에 장한의 부친이 승상부 서리로서 죄를 지어 거의 죽을 위기에 처했는데 강 승상이 구하여 살려 준 적이 있었다. 장한 부자가 그 은혜를 밤낮 생각하고 있는데 이런 일이 일어난 것이다. 장한은 불쌍함을 이기지 못하여 다른 군사 모르게 슬피 울었다. 그날 밤 삼경에 다른 군사 다 잠이 깊이 들었을 때 장한이 가만히 부인 자는 방문 앞에 갔다. 이때 부인과 낭자가 서로 붙들고 울며 잠을 이루지 못하고 있었다. 문밖에서 기침 소리와 부인을 부르는 소리가 나서, 부인이 놀라 문을 열고 보니 장한이 땅에 엎드려 있었다. 장한이 가만히 여쭈었다.

"소인은 금부 나장이온데 예전에 대감께서 벼슬할 때에 소인의 아비 나라에 죄를 지어 죽게 된 것을 대감이 살리신 적이 있습니다. 그 은혜 뼈에 사무치어 갚기를 바라고 있었는데 이때에 이르러 소인이 어찌 무심하오리까. 바라옵건대 부인은 너무 염려 마옵소서. 이날 밤에 명나라를 도망하오시면 그 뒤는 소인이 감당할 것이니 조금도 염려 마옵시고 도망하여 살기를 바라소서."

부인이 이 말을 듣고 마음이 조금 풀렸다. 낭자를 데리고 장한을 따라 주점 밖에 나서니 밤이 이미 삼경이고 인적이 고요하였다. 동산을 넘어 십 리를 가니 청수에 다다랐다. 장한이 하직하며 말하였다.

"부인과 낭자는 이 물가에 빠져 죽은 표를 하고 가옵시면 후환이 없을 것이니 부디 살아 대를 이으소서."

이때 부인이 낭자의 신세 생각하니 정신이 아득하였다. 비록 도망하여 왔으나 젊은 여자를 데리고 어디로 가 살며, 혹 살아난들 승상과 사위를 이별하고 살아서 무엇하리. 차라리 이 물에 빠져 죽으리라 하고, 낭자를 속여 뒤보는 체하고 급히 청수에 가 신을 벗어 물가에 놓고 푸르고 깊은 물에 뛰어드니, 가련하다. 강 승상의 부인 백옥 같은 고운 몸이 물고기 뱃속에 장사 지내니 어찌 아니 가련하랴.

이때 낭자가 모친을 기다리다가 끝내 오지 아니하니 급히 살펴보니 사면에 인적이 없었다. 마음이 답답하여 모친을 부르며 청수 가에 나와 보니 모친이 신을 벗어 물가에 놓고 간 데가 없었다. 발을 구르며 슬퍼하다가, 또한 신을 벗어 물가에 놓고 빠져 죽으려 했다. 이때는 밤 오경으로 동방이 차차 밝아 오는 때였다. 마침 영릉골 관비 한 사람이 외촌에 갔다가 돌아오는 길에 청수 가에 다다랐는데 어떤 여자가 물가에서 통곡하며 물에 빠져 죽고자 하는 게 아닌가. 급히 좇아와 낭자를 붙들어 물가에 앉히고 이유를 물었다. 그 후에 제 집으로 가자 하나 낭자 한사코 죽으려고만 하였다. 관비가 여러 가지로 타일러 데리고 와서 수양딸로 정한 후에 자색과 태도를 살펴보니 천상 선녀 같았다. 이 고을 동리마다 수청을 들게 하면 천금의 재산이 부럽지 않을 것이며, 만 냥 가진 태수를 원하겠느냐. 만 가지로 달래어 다른 데로 못 가게 하였다.

유충렬, 노승을 만나 도를 닦다

각설, 이때에 유생이 강 승상의 집을 떠나서 서쪽 하늘을 바라보고 정처 없이 가며 신세를 생각하니, 속절없고 하릴없다. 이제는 아무것도 할 수 없구나. 산중에 들어가 삭발하고 중이 되어 훗날의 도나 닦으리라 하고 청산을 바라보고 종일토록 가다가 한 곳에 다다랐다. 앞에 큰 산이 있으되 천 개의 봉우리와 만 개의 골짜기가 하늘 높이 솟았고, 오색구름이 구리봉에 떠 있고 갖가지 화초가 만발하였다. 장차 신령한 산이로구나 하고 찾아 들어가니 경치가 뛰어나고 풍경이 산뜻하다. 산행 육칠 리에 들리는 물소리 잔잔하고 보이는 청산은 울창한데 푸른 숲을 더위잡고 석양에 올라가니 수양버들의 천만 가지들은 봄바람을 못 이기어 동네 어귀에 흐늘거려 늘어지며, 푸른 대나무와 소나무는 우거진 가지에 백조가 봄의 정을 다투었다. 층층이 이루어진 꽃 핀 골짜기 위에는 앵무새와 공작새가 넘나들며 노는데, 푸른 하늘에 걸린 폭포가 층암절벽 치는 소리, 한산사 쇠북 소리, 객선에 이르는 듯, 하늘에 솟은 암석과 푸른 소나무 속에 있는 거동이 산수 그림 여덟 폭 병풍 두른 듯하니 산중에 있는 경치 어찌 다 기록하겠는가.

봄바람이 언뜻 불며 경쇠 소리 들리거늘 차츰차츰 들어가니 오색구름 속에 단청이 휘황한 높고 거대한 누각이 즐비하였다. 일주문(기둥이 하나인 문)을 바라보니 황금 글자로 '서해 광덕산 백룡사'라 뚜렷이 붙어 있었다. 문으로 들어가니 큰 스님이 한 사람 나오므로 그 중의 거동을 보니 소소한 두 눈썹은 두 눈을 덮었고, 백변(白邊)같이 뚜렷한 귀는 두

어깨에 늘어졌으니 맑고 빼어난 골격과 은은한 정신은 평범한 중이 아니었다. 백팔염주 육환장(고리 여섯 개 달린 지팡이)을 짚고 흑포 장삼(검은 빛깔의 베로 만든 승려의 웃옷)의 떨어진 송낙(승려가 평상시 쓰는 모자) 쓰고 나오며, 유생을 보고 말하였다.

"소승이 나이가 많기로 유 상공 오시는 행차에 동구 밖에 나가 맞지 못하니 소승의 무례함을 용서하옵소서."

유생이 크게 놀라 말하였다.

"천한 인생에 팔자 기박하여 일찍 부모를 여의고 정처 없이 다니다가 우연히 이곳에 와 대사를 만나옵니다. 어찌 그토록 관대하시며, 소생의 성을 어찌 아십니까?"

노승이 답하였다.

"어제 남악 형산 화선관이 소승의 절에 왔다가 소승더러 부탁하기를 '내일 정오에 남경 동성문 안에 사는 유심의 아들 충렬이가 올 것이니 내쫓지 말고 대접하라' 하시기로 소승이 찾아 나왔습니다. 상공의 옷차림 보고 남경 사람인 고로 알아보았습니다."

유생이 그 말을 듣고 한편으론 기쁘고, 한편으론 슬퍼하였다. 노승을 따라 들어가니 모든 승려들이 합장하여 인사하며 반겼다. 노승의 방에 들어가 저녁밥을 먹은 후에 그 밤을 편히 쉬니 이곳은 신선이 사는 곳이라, 세상일을 모두 잊고 몸이 편안하였다.

이후로는 노승과 함께 병서도 깊이 탐구하고 불경도 배워 논하였다. 이렇게 되니 명나라 천지를 떠돌던 나그네는 없고, 광덕산 속에 머리 기른 중만 있게 되었다. 본래 신분이 천상 사람으로 살아 있는 부처를 만났으니 기이한 술법을 배우고, 천지 일월성신(日月星辰)이며 천하 명산의 신령들이 모두 다 협력하니 그 재주와 영민함을 누가 당하겠는가. 밤낮으로 공부하였다.

한담과 최일귀, 명나라 황제를 꿈꾸다

각설, 이때에 남경 조정의 신하 중에 도총대장 정한담과 병부상서 최일귀는 항상 꺼리던 유심과 강희주를 만 리 밖에 유배하고 조정의 모든 관리를 없애 황제를 내쫓고자 하였다. 신기한 방법과 둔갑술을 익히니 하늘을 날고 땅속으로 들어가는 책략과 변화하여 신이 되는 방법이며, 손으로 불을 잡고 물을 막는 기술을 배워 통달하였다. 이놈도 본래 신분이 천상의 익성으로 인간계 사람은 당할 이가 없었다. 한 나라 만민(萬民, 모든 백성)의 윗자리에 있는 이가 내란을 일으키니 나라가 어찌 무사하겠는가.

이때는 영종 황제 즉위 삼 년 봄 정월이었다. 나라의 운이 불행하여 남흉노의 선우가 북적과 합의하여 황제를 내쫓으려 하고, 서천 삼십육도 군장과 남만의 가달, 토번의 오국이 합세하여 장수 팔천여 명과 정병 오백만으로 밤낮 행군하여 진남관에 다다라 격서(檄書, 급히 여러 사람들에게 알리려고 여러 곳에 보내는 글, 특별한 경우에 군병을 모집하거나 세상 사람들의 흥분을 일으키거나 또는 적군을 타이르거나 혹은 꾸짖기 위하여 발표하는 글)를 남경에 보내고 진남관을 지키고 있었다.

백성들이 이때까지 난리를 보지 못하다가 뜻밖에 난을 만나니 상 위에 대바구니는 들로 떨어지고, 백성은 사방으로 흩어져 피란했다. 쌓아 놓은 땔감도 탕진하고 창고의 곡식도 다 없어졌으니, 하늘이 정한 운수가 아니고서야 어찌 이러하리.

이때 황제는 정월 보름에 호산대에 올라 보름달을 즐기다 궁으로 돌아와 큰 잔치를 베풀고 모두 함께 즐기고 있었다. 그런데 뜻밖에 진남관 수문장이 장계(지방 관원이 임금에게 글로 보고하는 것)를 올렸으므로 급히 열어 보았다.

> 남적이 강성하여 오국과 힘을 합쳐 진남관 평사뜰 백 리 안에 가득 하옵고 백성을 노략하며 황성을 치려 하오니 바삐 군병을 보내어 도 적을 막으소서.

황제가 크게 놀라 모든 신하들을 모아 의논했다. 정한담과 최일귀는 이 말을 듣고 크게 기뻐하며 급히 별당에 들어가 도사에게 밖에 도적이 일어났단 말을 했다. 도사가 문밖에 나서 하늘의 기운을 살핀 후에,

"때가 왔도다. 때가 왔도다. 신기한 영웅이 황성에 있는가 하였더니 이제 죽었으며, 때 맞춰 도적이 일어났으니 이는 그대가 황제가 될 운수입니다. 급히 공격하여 때를 잃지 마십시오."

하니 한담이 크게 기뻐하여 일귀와 함께 갑주(갑옷과 투구)를 갖추고 궐 문으로 들어갔다.

이때 황제가 모든 신하와 적을 막을 방법을 의논하고 있는데, 장안에 바람이 일어나며 한 명의 대장이 무릎 아래에 땅에 엎드려 아뢰었다.

"소장 등이 비록 재주는 없사오나 한번 나가 남적을 함몰하여 황상의 근심을 없애고 소장의 공을 세우겠나이다."

모두 보니 신장이 십여 척이요, 얼굴이 웅장하며 황금 투구에 녹운포를 입은 것은 도총대장 정한담이요, 면상이 숯먹 같고 눈빛이 황홀하며 백금 투구에 홍운포를 입은 것은 병부상서 최일귀였다.

황제는 크게 기뻐 두 장수의 손을 잡고 이르셨다.

"경들의 충성과 지략은 짐이 이미 아는지라. 남적을 함몰하여 짐의 근심을 덜게 하라."

두 장수가 명령을 받고 각각 물러나와 정병 오천씩을 거느리고 행군하여 진남관에 진을 쳤다. 그날 밤에 군사 한 명만 잠을 깨워 가만히 항서(항복문서)를 써 주며 또한 편지를 써서 적진 중에 보내고 회답을 기다렸다.

그 군사가 적진에 들어가 적장을 보고 항서를 올린 후에 또 편지를 드리니, 적장이 크게 웃으며 즉시 열었다.

남경 장수 정한담과 최일귀는 한 장의 서간을 남진 대장의 처소에 올리나이다. 우리 두 사람은 충성을 구하고, 마음을 다하여 황제를 도와 국가에 공을 쌓고, 백성에게 덕이 있어 지성으로 공을 봉하되 우리를 알아주는 어진 임금을 못 만나 항상 차지 않고 야속한 마음이 있었소. 대장부 세상에 태어나 어찌 남의 신하로만 오래 있으리오. 남아가 꽃다운 이름을 백 년 동안 남길진대 또한 당연히 더러운 이름을 만 년 남겨야 한다 하였으니, 이때를 당하여 어찌 묘책이 없으리오. 우리 두 사람을 선봉으로 삼으시면 항복할 것이니 그대 뜻이 어떠하시오? 회답을 보내시오.

하였거늘 적장이 그 글을 보고 크게 기뻐하여,
 "우리들이 남경으로 나올 때 도사가 근심하기를 정한담과 최일귀를 염려하더니 이제 저희들이 먼저 항복하고자 하니 이는 천우신조(天佑神助, 하늘과 귀신이 도움)함이다."
하고 즉시 회답을 써 주었다. 군사 급히 본진으로 돌아와 답서를 올리거늘 떼어 보았다.

     그대의 마음이 우리 마음 같소. 선봉을 원대로 맡길 것이니 오늘밤
     에 반가이 봅시다.

 이에 정과 최 두 장수가 갑주를 갖추고 적진에 들어갔다.
 이적에 중군장이 급히 황성에 올라가 전후를 황제에게 고하니, 황제가 이 말을 듣고 용상(龍床, 임금이 정무를 보던 평상)에 떨어져 발을 굴렀다.
 "정한담과 최일귀가 적장에게 항복하였으니 적진은 범이 날개를 얻은 듯하고 짐은 용이 물을 잃은 듯하니 이제는 할 일 없다."
 성중에 있는 군사 낱낱이 지휘하여 감독하고 각 도 각 읍에 공문을 보내 군사와 군량을 준비하게 하고, 우승상 조정만에게 도성을 지키게 하고, 태자를 중군으로 정하시고, 황상이 친히 후군이 되어 행군을 재촉하니, 군사 십여 만이요 장수 백여 명이었다.
 행군의 북소리를 재촉할 때, 예전에 길주 자사로 갔던 이행이 군영

문밖에 엎드려 아뢰었다.

"소신이 재주 없사오나 이때를 당하여 신하 된 도리에 어찌 사직을 돕지 아니하오리까. 소신을 선봉으로 정하옵소서."

황제가 크게 기뻐하사 즉시 이행을 선봉으로 삼아 도적을 막았다.

이때 정한담과 최일귀가 적진에 항복하여 한담이 선봉이 되고 일귀는 중군대장이 되어 급히 황성을 쳐들어왔다. 의기양양하고 호령이 엄숙한데, 깃발과 창검은 팔공산 나무같이 벌여 있고, 투구와 갑옷은 한겨울에 일광같이 눈이 부시고, 쇠북 소리와 함성은 천지에 진동하고 목탁과 나팔은 강산이 뒤엎는 듯하였다. 순식간에 들어와 금산성 백 리 뜰에 빈틈없이 벌여 서서 내외음양(內外陰陽)에 진을 쳤다. 도사가 진중에서 기운을 바라보며 싸움을 재촉하니, 적진 중에서 포 쏘는 소리 한 번에 한 장수 내달아 외쳤다.

"명나라 진중에 이 천극한의 적수가 있거든 바삐 나와 대적하라."

명나라 진에서 대응하여 포를 쏘고 좌익장 주선우가 응하여 답하여 달려들어 싸우니, 양진 군사 처음으로 구경하였다. 군사의 대열을 차리지 못하고 승부를 구경하는데, 몇 번 싸우지 못하여 극한의 칼이 번득이면서 주선우의 머리가 말 아래에 떨어졌다. 명나라 진에서 좌익장이 죽는 것을 보고 또 한 장수 내달아 진영 문밖에 크게 소리 질렀다.

"극한은 가지 말고 최상정의 칼을 받으라."

극한이 달려드니 함성이 끊어졌다. 그 칼이 번득이면서 최상정의 머리 떨어졌다. 명나라 진에서 우익장의 죽음을 보고 왕공열이 응하여 소리 질러 달려들어 극한과 싸웠으나, 한 번도 겨루지 못하여 거의 죽게 되었다. 명나라 진에서 팔대장군이 일시에 달려들어 왕공열을 구하였다. 적진 중에서 명나라 진영의 팔장이 나오는 걸 보고 한진이 극한과 힘을 합쳐 팔장과 더불어 싸우니, 한진은 서편을 치고 극한은 동을 쳐 접촉하는 곳마다 죽는 군사가 그 수를 모를 지경이었다. 겨룸이 세 번도 못하여 극한의 창검 끝에 팔장이 다 죽었다. 이때 태자 중군에 있다가 팔장의 죽음을 보고 승리할 수 없음을 염려하여 말을 타고 진영 문 밖에 나서며 외쳤다.

"무도한 남적 놈아, 하늘의 뜻을 거역하니 그 죄 죽어도 아깝지 아니하다. 너희 진중에 정한담과 최일귀의 머리를 베어 명나라 진영에 보내는 자 있으면 옥새를 주리라."

그리고 극한을 맞아 싸웠다. 선봉장 이황이 이 말을 듣고 달려오며,

"태자는 아직 분을 참으소서. 소장이 잡으리다."

하고 나는 듯이 들어가 왼손에 칼을 들고 극한의 머리를 베며, 긴 창을 들고 한진의 머리를 베어 두 손에 갈라 들고 좌우로 충돌하여 본진으로 돌아왔다.

적진 중에서 한담이 장막 밖에 나서며 형산마를 타고 구 척 장검을 높이 들고 바로 명나라 진을 장검으로 함몰하고자 하였다. 이때에 먼저 남적 선봉으로 왔던 정문걸이 내달아 한담을 불러 말하였다.

"대장은 분을 참으소서. 소장이 이황을 잡으리다."

그리고 창을 번뜩이며 말을 타고 달려가 싸우더니 한 번 겨루지 못하여 문걸의 칼이 진중에 빛나며 이황의 머리가 말 아래에 내려졌다. 문걸이 칼끝에 꿰어 들고 본진으로 행하다가 돌이켜 명나라 진영의 선봉

을 쳐들어오며,

"명나라 진영은 불쌍한 인생을 죽이지 말고 바삐 항복하라."

하며 순식간에 선봉을 다 베고 달려들어 중군으로 들어왔다. 태자는 중군을 지키다가 막지 못할 줄 알고 후군과 황제를 모시고 금산성으로 도망하였다. 이때에 문걸이 명나라 진영에 장수의 씨도 없이 다 죽이고 명나라 황제를 찾은즉 도망하고 없었다. 군장과 군복을 모두 다 탈취하고 본진으로 돌아오며 정한담에게 바로 달려 들어갔다.

황제가 슬퍼 옥새를 땅에 놓고 하늘을 우러러 통곡하며,

"짐이 사리에 어두워 선황제의 사백 년 왕업(王業)을 하루아침에 정한담에게 잃게 되니 이는 호랑이를 길러 근심을 얻게 된 꼴이다. 누구를 원망하리오. 모두 다 짐의 불찰이다. 저승에 돌아간들 선황제를 어찌 보며, 이승에 살았은들 되놈에게 무릎을 어찌 꿇으랴."

하니, 금산성이 떠나가게 통곡이 진동하였다.

수문장이 보고하였다.

"해남 절도사가 군병을 거느려 왔습니다."

황제가 크게 기뻐하여 바삐 들이라 하였다. 절도사가 군사 십만을 거느리고 성중에 들어와 황제께 보였다. 황제가,

"즉시 절도사로 선봉을 삼아 도적을 막으라."

하니 절도사는 명을 받들어 성 아래 진을 쳐 거하였다.

이때 한담이 도성으로 들어가 용상에 높이 앉아 백관을 호령하니 만조제신(조정의 모든 신하)이 하루아침에 항복하였다. 만백성이 도적의 밥이 되어 물 끓듯 하였다.

이날 한담이 삼군(三軍)을 재촉하여 금산성을 쳐 깨뜨리고 옥새를 빼앗고자 하여 성 아래에 다다랐다. 명나라 진영의 군사들이 길을 막으니 정문걸이 필마단창(한 필의 말과 한 자루의 창)으로 명나라의 진영을 쳐 좌우로 충돌하였다. 온몸이 칼날이 되어 닫는 앞에 장졸의 머리 추풍낙엽이요, 병을 기울여 술이 쏟아지는 것 같았다. 순식간에 죽이고 산성 문밖에 달려들어 성문을 두드리며,

"명나라 황제야, 옥새를 드리라!"

하는 소리가 금산성이 무너지며 강산이 뒤넘는 듯하였다. 성중에 있는 군사 혼백이 없었으니 가련하지 않은가.

황제와 조정만이 황급히 북문을 열고 도망하여 암석 간에 은신하였다. 이때 태자가 황후와 태후를 모시고 도망하려 하였으나, 문걸이 성중에 들어와 황제를 찾다가 도망하고 없으므로 황후와 태자를 잡아 본진으로 보내고 돌아왔다. 정한담이 황후를 결박하여 진 앞에 꿇리고 황제 간 곳을 가리키라 하니, 황후 슬퍼하며 대답치 아니하였다. 좌우 군사 창검을 나눠 들고 옥체를 겨누면서 바른 대로 가리키라 하니 황후 당황하여 대답하였다.

"이 몸은 계집이라 성안에 묻혀 있다가 불의에 난을 당하였다. 황제는 밖에 있는 고로 생사존망(生死存亡)을 모른다."

한담이 분노하여 황후와 태자를 진영에 두어 굶주려 죽게 하고, 용상에 높이 앉아 황제의 일을 행하며 군사를 호령하였다.

"명나라 황제를 사로잡는 자 있으면 천금의 상을 주고 만호후(많은 백성을 다스리는 제후)에 봉하리라."

그 말에 군사 명을 받들고 각각의 진영으로 돌아갔다.

이때 황제는 금산성에서 도망하여 조정만과 더불어 산골짜기 사이에 은신하고 있었다. 황태후가 적진에 잡혀가 죽게 되었다는 말을 듣고 통곡하여 바위 아래 떨어져 죽고자 하였으나, 조정만이 붙들어 구하여 황제를 업고 명성원으로 도망하여 가며 황제께 여쭈었다.

"남경이 모두 멸하였으니 도적 정한담을 잡기는 고사하고 정문걸을 잡을 장수도 없습니다. 이제 산동의 육국에 병사를 요청하여 싸우다가 일이 뜻처럼 안 되거든 옥새를 가지고 소신과 함께 용동수에 빠져 죽사이다."

황제가 옳다 여겼다. 조서를 써 산동의 육국에 밤낮으로 가게 하여 구원병을 청하니, 이때 육국 왕이 이 말을 듣고 각각 군사 십만과 장수 천여 명을 불러모아 급히 남경 명성원으로 보냈다.

육국이 합세하여 호산대 너른 뜰에 빈틈없이 행군하여 들어오니, 황제가 크게 기뻐하여 군중에 들어가 위로하고 적진 형세와 여러 차례 패함을 낱낱이 말하였다. 적응으로 선봉을 삼고 조정만으로 중군을 삼아 황성으로 들어오는데, 그 웅장한 거동은 가을 서리 같았다. 백사장 백리에 군사가 늘어서서 들어오니 남경이 비록 모두 멸하였으나 무서운 것이 황제의 깃발이다. 금산성 아래에 진을 치고 싸움을 돋우었다. 이때 정문걸이 선봉에 있다가 청병(요청을 받고 온 군대)이 온 것을 보고 필마단창으로 나왔다. 한담이 문걸을 불러 말하였다.

"적병이 저다지 장엄한데 장군은 어찌 경솔히 가려 하오?"

문걸이 답하였다.

"폐하, 어찌 소장의 재주를 쉽게 아시나이까? 사십만의 수많은 군사와 말을 탄 군사를 한칼에 다 죽였으니 남경이 비록 육국에 병사를 청하여 억만 병사가 왔다 하나, 소장의 한칼 끝에 죽는 구경을 앉아서 보옵소서."

한담이 크게 기뻐하여 장대에 높이 앉아 싸움을 구경하였다. 문걸이 창검을 좌우에 나눠 잡고 말 위에 높이 앉아 나는 듯이 들어가며 호통한 소리에,

"명나라 황제야, 옥새를 가져왔느냐? 너를 잡으려 했는데 이제 왔으니 이른바 봄에 꿩이 스스로 우는 격이다. 바삐 항복하여 잔명을 보존하라."

하고 억만 군중에 사람이 없는 것같이 횡행하여 동쪽 장수를 치는 듯 남쪽 장수를 베고, 북쪽 장수를 베는 듯 서쪽 장수가 쓰러지니 죽는 군사가 산과 같고 흐르는 피가 내를 이루었다. 서초의 패왕이 강동 건너 함곡관을 부수는 듯, 상산의 조자룡이 산양수 건너 삼국 청병 짓치는 듯, 문걸이 닿는 곳마다 싸울 군사 없으니, 그 아니 슬플까. 이때 황제가 조정만과 옥새를 갖고 용동수에 빠져 죽고자 하나 또한 도망갈 길이 없어 하늘을 우러러 탄식하기를 마지아니하였다.

유충렬, 옥함과 천사마를 얻어 남경으로 향하다

각설, 이때 유충렬이 서해 광덕산 백룡사에서 노승과 함께 지음(知音, 지기지우. 속 마음을 알아주는 친구)이 되어 세월을 보내고 있었다. 이때는

부흥 십삼 년 가을 칠월 보름이었다. 찬바람은 소소하고 낙엽은 흩날리는데 고향과 신세를 생각하며 달 밝은 깊은 밤에 홀로 앉아 슬픔에 젖어 있노라니, 노승이 일어나 밖에 갔다 들어오며 충렬을 불러 물었다.

"상공, 오늘 천문(天文, 천체의 운행을 보고 역법을 연구하거나, 길흉을 예언함)을 보았습니까?"

충렬이 놀라 급히 나와 보니, 황제의 자미성이 떨어져 명원성에 잠겨 있고, 남경에 살기가 가득하였다. 방으로 들어와 한숨짓고 눈물을 흘리니 노승이 말했다.

"남경에 병란(兵亂)은 났지만 산속으로 피난한 사람이 무슨 근심이 있습니까?"

충렬이 울며 말하였다.

"소생은 남경에서 대대로 녹을 받던 신하입니다. 나라에 변이 일어나니 어찌 근심이 없겠습니까? 그러나 혼자 된 빈 몸으로 만 리 밖에 있사오니 한탄한들 어찌하겠습니까?"

노승이 웃고 벽장을 열고 옥함을 내어놓으며,

"옥함은 용궁의 조화입니다만, 옥함 싸맨 수건은 어떠한 사람의 수건인지 자세히 보십시오."

유생이 의심하여 옥함을 살펴보니, '남경 도원수 유충렬은 열어 보라' 하는 금자(금으로 된 글자)가 새겨져 있었다. 싸맨 수건을 끌러 보았다. 수건에는 '모년 모월 모일에 남경 동성문 안에 사는 충렬의 모친 장부인은 내 아들 충렬에게 부치노라' 라는 글자가 쓰여 있었다. 충렬은 수건과 옥함을 붙들고 대성통곡하였다. 노승이 위로하였다.

"소승이 수년 전에 절을 새로 고치고자 시주를 얻으러 변양 회수에 갔는데, 기이한 오색구름이 수건에 덮여 있어, 바삐 가서 보니 옥함이 물가에 놓여 있었습니다. 임자를 찾아 주려고 가져다가 간수하였더니 오늘 보니 상공의 전쟁 기계가 옥함 속에 있는가 합니다."

이 옥함은 원래 회수 사공 마철이 물속에 잠수하다가 큰 거북이 지고 있는 것을 발견한 것이었다. 마철이 거북이를 죽이고 옥함을 가져다가 제 집에 두었는데, 예전에 장 부인이 도적에게 잡혀 석장동 마철의 집에 갔다가 옥함을 가지고 나와 수건에 글을 쓰고 회수에 넣었더니 백룡사 부처중이 가져다가 이날 충렬을 준 것이다.

이때 충렬이 옥함을 안고,

"이것이 정녕 충렬의 물건이라면 옥함이 열릴 것이다."

하고 위짝을 열어 놓으니 빈틈없이 가득 들어 있었다. 갑주가 한 벌, 장검 하나, 책 한 권이 들었다. 투구를 보니 금도 아니고, 옥도 아니었다. 광채 찬란하여 눈이 부시던 중에 속을 살펴보니 금자로 '일광주'라 새겨져 있었다. 갑옷을 보니 용궁의 조화가 분명하고, 무엇으로 만든 줄 모르겠는데, 옷깃 밑에 금자가 새겨져 있었다. 장검이 놓여 있긴 한데 머리와 꼬리가 없었다. 그래서 신화경(술법에 사용되는 경문)을 펴 놓고 칼 쓰는 법을 보니 갑주를 입은 후에 신화경 한 편을 보고 하늘 위의 대장성을 세 번 보면 '사려(사리다 : 실 따위를 동그랗게 포개어 감다) 있는 칼이 절로 펴져 변화가 무궁하리라' 하였다. 즉시 시험하니 십 척 장검이 번득이며 사람을 놀라게 하였다. 칼 한가운데 대장성이 샛별같이 박혀 있고 금자로 '장성검'이라 새겨져 있었다. 충렬은 모두 다 행장에 간수하고 노승에게 말하였다.

"하늘의 도움으로 대사를 만나 갑주와 창검을 얻었으나 용마(龍馬)가 없었으니 장군이 무용지지(無容之地, 쓸모가 없음)로군요."

"옥황상제께옵서 장군을 명나라에 보낼 때, 사해용왕이 몰랐겠습니까. 수년 전에 소승이 서역에 갈 때 백룡암에 다다르니 어미 잃은 망아지 누워 있기에 그 말을 데려왔습니다. 그러나 산속의 중에게는 부당한 것이라 송림촌 동 장자에게 맡기고 왔지요. 그곳에 찾아가 그 말을 얻은 후에 도중에 지체 말고 급히 황성에 달려가십시오. 지금 황제의 목숨이 경각에 있사오니 급히 가서 구원하십시오."

유생이 이 말을 듣고 송림촌을 바삐 찾아가 동 장자를 만난 후에 말을 구경하자고 하였다. 이때 천사마(天賜馬, 하늘이 내린 말), 제 임자를 만났으니 벽력 같은 소리를 내며 백여 장 토굴을 넘어 뛰어와 충렬에게 달려들었다. 말이 옷을 물기도 하고 몸을 가져다 대기도 하니 웅장한 거동은 붓 하나로 쓰기 어려울 정도다. 깊은 산의 맹호가 냅다 선 듯, 북해의 흑룡이 푸른 창공에 오르는 듯, 강산의 정기는 눈빛에 모여 있고 비룡(飛龍)의 조화는 네 굽에 번득였다. 턱 밑에 한 점 용인이 새겨져 있는데 '사송(賜送, 임금이 신하에게 물건을 내려보냄) 천사마'라고 되어 있었다. 유생이 크게 기뻐하여 장자더러 말을 사자고 하니 장자가 웃었다.

"수년 전에 백룡사 부처중이 이 말을 맡기며 '이 말을 길러 임자를 찾아 주라' 하고 말씀하셨기에 맡아 기른 것입니다. 이 말이 장성함에 잡을 길이 없어 토굴에 가두었으나 천만인이 구경하되 하나도 가까이 못 가더군요. 오늘날 그대를 보고 제 스스로 찾아오니 부처중이 이르던 임자가 분명합니다. 하늘이 주신 보배인데 어찌 판단 말입니까. 물건은 주인이 따로 있는 법이오니 가져가십시오."

유생이 크게 기뻐하여 안장을 갖추었다. 동 장자와 하직하고, 송림촌을 지나 광덕산으로 향하여 노승에게 감사 인사하고 수년 동안의 정회를 하직하려는데, 모든 절 안의 승려들이 이별을 아쉬워함을 어찌 다 말하고 기록하겠는가.

하직하고 그 말 위에 높이 앉아 남경을 바라보며 구름을 가리켜 말에게 일렀다.

"하늘이 나를 내시고 용왕이 너를 내신 것은, 그 뜻 모두 다 남경을 돕게 하는 것이다. 이제 남적이 황성에 강성하여 황제의 목숨이 경각에 있다 하니 대장부 급한 마음 일각의 시간도 마치 삼추와 같구나(가을을 세 번 보낸 것과 같이 길게 느껴지는구나). 너는 힘을 다하여 남경에 순식간에 도달하라."

천사마가 그 말을 듣고 푸른 하늘을 바라보며 벽력 같은 소리를 지르고 백운을 헤쳐 나는 듯이 들어갔다. 사람은 천신이요, 말은 나는 용이었다. 남경에 바람같이 달려오니 금산성의 너른 뜰에 살기가 충천하고 황성 문안에 곡성이 진동하였다.

이때 황제는 중군 조정만으로 더불어 옥새를 가지고 도망하여 용등수에 빠져 죽고자 하되 적진에서 벗어날 길이 없어 당황하던 차에 문득 북편에서 천병만마(千兵萬馬) 들어오며 황제를 불렀다. 황제가 명나라 군사가 오는가 반기며 바라보았더니, 남적과 합심하여 마룡이 진공이라 하는 도사를 데리고 황제를 치려 하는 것이었다. 억만 군병을 감독하여 일시에 들어왔다. 이때에 정한담이 황제가 되어 많은 관리를 거느리고, 최일귀는 대장 되어 삼군을 경계하며, 또한 북적이 합세하니 그 형세의 웅장함이 만고에 으뜸이었다.

선봉장 정문걸이 의기양양하여 명나라 진영의 육국의 병사들을 한칼에 다 무찌르고 선봉을 헤쳐 진으로 들어왔다.

"명나라 황제야, 항복하라! 내 한칼에 육국의 병사들이 다 죽었고, 또한 북적이 합세하였으니 네 어이 당할쏘냐. 바삐 나와 항복하여 너의 모자(母子)를 찾아가라."

하고 쳐들어오니, 이제 황제도 옥새를 목에 걸고 항서를 손에 들고 항복하기 위해 나올 수밖에 없었다. 중군 조정만과 명나라 진영에 남은 군사들이 어찌 한심하고 슬프지 않겠는가. 황제는 울음소리가 명성원이 떠나가도록 대성통곡하며 항복하러 나왔다.

하권(下卷)

유충렬, 명나라 대원수가 되어 황제를 돕다

각설, 이때 유충렬이 금산성 아래의 기운을 바라보다 형세 위급함을 보고 일광주와 용린갑(용비늘 갑옷)에 장성검을 높이 들고 천사마를 채찍질하여 바삐 중군의 진영에 들어갔다. 조정만을 만나 설명을 하며 싸우기를 청하니, 중군이 바삐 나와 손을 잡고 울며 말하였다.

"그대의 충성은 지극하나 지금 황제께서 항복하려 하시고 또한 적진의 형세 저러하오. 그대의 청춘이 전장에서 백골이 될 것이니 원통하고 슬픈 일이오."

충렬이 분함을 이기지 못하고 진영 문밖에 나서면서 벽력 같은 소리로 적장을 불렀다.

"이봐, 역적 정한담아! 남경 동성문 안에 사는 유충렬을 아느냐 모르느냐? 바삐 나와 목을 내놓아라."

그 소리에 양쪽 진영이 뒤흔들리며, 천지 강산이 진동하였다. 문걸이 크게 놀라 돌아보니 일광 투구에 눈이 부시고, 용린갑은 혼신을 감추고 천사마는 비룡이 되어 구름과 안개 속에 싸여 있어, 공중에 소리만 나고 제 눈에는 보이지 아니하였다. 창검만 높이 들고 주저주저하던 차에 벽력 같은 소리 끝에 장성검이 번득였다. 충렬이 정문걸의 머리를 공중에 베어 들고 중군으로 달려드니, 조정만이 엎어지며 문밖에 급히 나와 손을 잡고 들어갔다. 이때 황제는 옥새를 목에 걸고 항서를 손에 들고 진문 밖에 나오다가 뜻밖에 호통 소리 나며 대장 한 사람이 문걸의 머리를 베어 들고 중군으로 들어가는 것을 보고, 크게 놀라고 매우 기뻐하여 중군을 급히 불렀다.

"적장 베던 장수의 성명이 무엇이냐? 바삐 들이라."

충렬이 말에서 내려 황제 앞에 엎드렸다. 황제는 급히 물었다.

"그대는 누구인데 죽을 사람을 살리는가?"

충렬이 저의 부친과 강희주의 죽음을 분히 여겨 통곡하며 여쭈었다.

"소장은 동성문 안에 거하던 정언주부 유심의 아들 충렬이옵니다. 사방을 떠돌아 빌어먹으며 만 리 밖에 있다가 아비의 원수를 갚으려고 여기 잠깐 왔사옵니다. 폐하께서 정한담에게 핍박당하심은 꿈에도 생각지 못한 일이옵니다. 예전에 정한담을 충신이라 하시더니 충신도 역적이 되나이까? 그놈의 말을 듣고 충신을 유배하여 다 죽이고 이런 환을 만나시니 천지가 아득하고 해와 달이 빛을 잃었사옵니다."

슬피 통곡하며 머리를 땅에 두드리니 산천초목도 슬퍼하며 온 진영 안에서 눈물을 흘리지 않는 이가 없었다.

황제는 이 말을 들으시고 후회가 막급하여 할 말이 없어 우두커니 앉아 있었다. 그때 태자가 적진에 잡혀 갔다가 본진에서 문걸이 당한 것을 보고 도망쳐 급히 달려와서 충렬의 손을 붙들었다.

"경이 이게 웬말인가. 옛날 주나라 성왕도 관숙과 채숙의 말을 듣고 주공을 의심하다가 잘못을 깨달아 스스로 꾸짖어 어진 임금이 되었소. 충신이 다 죽는 것은 하늘의 운이 다한 것이오. 그런 말을 하지 말고 충성을 다해 힘을 모아 황상을 도우시면, 태산 같은 그 공로는 천하를 둘로 나누고 바다 같은 그 은혜는 풀을 맺어 갚을 것이오."

충렬이 울음을 그치고 태자의 상(相)을 보니 황제의 기상이 분명하고, 한 시대의 어진 임금이 될 듯하였다. 그리하여 투구를 벗어 땅에 놓고 황제 앞에 사죄하였다.

"소장이 아비의 죽음을 한탄하여 분한 마음이 있는 고로 격한 말씀을 폐하 앞에 아뢰었으니 죄가 무거워 죽어도 아깝지 않사옵니다. 소장이 죽은들 폐하를 돕지 아니하오리까?"

황제가 충렬의 말을 듣고 친히 계단 아래에 내려와서 투구를 씌우면서 손을 잡고 말하였다.

"과인은 보지 말고 그대의 선조가 나라 세우던 일을 생각하여 나라를 도와주면 태자 하던 말대로 그대의 공을 갚으리라."

충렬이 명을 받들고 물러나와 장대에 높이 앉아 군사를 감독하였다. 피로에 지친 군졸과 장수들이 일이백 명밖에 안 되었다. 황제가 삼층단에 높이 앉아 하늘에 제사하고 인검(引劍, 군사를 지휘하는 데 사용하는 검)을 끌러 충렬에게 주신 후에 대장 사명기(司命旗, 대장이 군사를 지휘하는 데 쓰던 깃발)에 친필로 '명나라 대사마 도원수 유충렬'이라 뚜렷이 써서 내주셨다. 원수가 감사의 절을 하고 진법을 시험하였다. 군사들을 긴 뱀이 일자로 늘어진 모양으로 배치하여 머리와 꼬리를 서로 합하게 한 뒤 호령하였다.

"남북 적병이 비록 억만이라도 내 혼자 감당할 테니 너희들은 대열을 잃지 마라."

이렇게 약속하며 말할 때, 적진 안에서는 문걸의 죽음을 보고 진영이 진동하여 서로 나와 싸우려 하였다. 삼군대장 최일귀가 분함을 이기지 못하여 녹포운갑에 백금 투구를 쓰고 장창 대검을 좌우에 나눠 들고 적제마를 채찍질하여 나는 듯이 달려들며 외쳤다.

"적장 유충렬아, 네 아직 철이 안 들어 남북 강병 억만 군사를 업신여기니 바삐 나와 죽어 보라."

원수가 장대에 있다가 최일귀란 말을 듣고 바삐 나와 응하였다.

"정한담은 어디 가고 너만 어찌 나왔느냐? 너희 두 놈의 간을 내어 우리 부모 영위 앞에 두 번 절하고 드리리라."

함성을 지르고 달려들어 장성검이 번득이니, 일귀가 가진 장창 대검이 조각조각 파편으로 부서졌다. 최일귀가 크게 놀라 철퇴로 치려 하나, 원수의 몸이 보이지 아니하니 치자 한들 어찌겠는가. 적진 중에서 옥관도사가 싸움을 구경하다가 크게 놀라 급히 쟁을 쳐 군사를 거두었다. 일귀는 겨우 본진에 돌아와서는 정신을 잃었다.

이때 북적 선봉 마룡은 천하에 명장이었다. 충렬을 잡지 못하고 돌아

온 것을 분히 여겨 진영 문을 헤치고,

"대장은 어찌 조그마한 아이를 살려 두고 오십니까? 소장이 잡아 오겠습니다."

하며 나는 듯이 들어왔다. 그때 북적 진영 속에서 또한 도사 진진이 나와 마룡의 말머리를 잡고 말하였다.

"대장은 가지 마옵소서. 적장의 갑주와 창검을 보니 용궁의 조화입니다. 수년 전에 대장성이 남경에 떨어졌는데, 이제 검술을 보니 북두성 대장성이 칼빛에 응하며 일광주 용린갑은 온몸을 가리었으니, 사람은 천신이요 말은 비룡입니다. 누가 능히 감당하겠습니까?"

마룡이 분노하여 도사를 꾸짖었다.

"대장부 앞에 요망한 도사 놈이 무슨 잔말을 하느냐. 바삐 물러서라."

도사는 머지않아 큰 환이 있을 것이라 생각하고, 진영 안에 들어가지 않고 작은 길로 도망하여 싸움을 구경했다.

마룡이 왼손에 삼천 근 철퇴를 들고 오른손에 창검을 들고 호통치며 나와 원수를 맞아 싸웠지만, 일광주에 쏘이어 두 눈이 캄캄해져 정신이 없었다. 구름과 안개 속에 소리 나고 칼빛이 빛났다. 원수를 치려고 했으나 장성검이 번득이며 마룡의 손을 쳐 철퇴 든 팔이 마저 땅에 떨어졌다. 마룡이 크게 놀라 오른손에 잡은 칼로 공중에 솟아 번개를 냅다 쳤지만 구 척 장검 길고 긴 칼이 낱낱이 부서져 빈 자루만 남았다. 제아무리 뛰어난 적수라 한들 감당하겠는가. 본진으로 도망하고자 할 즈음에 벽력 같은 소리가 진동하며 장성검이 번득이니, 마룡의 머리가 안개 속에 떨어졌다. 원수가 목은 잘라 본진에 던지고 몸은 적진에 던지며,

"이봐, 정한담아. 바삐 나와 죽기를 재촉하라. 네놈도 이같이 죽이겠다."

하며 좌우로 횡행하되 공중에 소리만 나고 몸은 안 보이니 적진이 크게 놀라 넋을 잃었다.

한담이 크게 노하여 용상을 치며 말하였다.

"억만 군중에 충렬을 잡을 자가 없느냐?"

형산마 비껴 타고 십 척 장검 빼어 들며 진영의 문밖에 썩 나서니, 최일귀가 응하여 나오면서,

"대장은 아직 참으십시오. 소장이 감당하리다."

하고 나는 듯이 들어가며 외쳤다.

"적장 유충렬은 어제 결정하지 못한 싸움을 결단하자."

원수가 응하여 천사마 위에 번뜻 올랐다. 왼손의 신화경은 신장을 호령하고 오른손의 장성검은 해와 달을 희롱하였다. 적진을 바라보고 나는 듯이 들어가 온몸이 한줄기 빛이 되어 가는 줄을 모를 지경이다. 일귀를 맞아 싸워 반도 겨루지 못하여서 장성검이 번득이며 일귀의 머리를 베었다. 칼끝에 꿰고 본진으로 돌아와서 황제 앞에 바치며 물었다.

"이것이 최일귀의 머리가 분명하오니까?"

황제가 일귀의 목을 보고 크게 분하여 도마 위에 올려놓고 점점이 오리면서 원수를 칭찬하였다.

"짐이 현명치 못하여 이놈의 말을 듣고 경의 부친을 문밖으로 쫓아내고, 이놈이 나를 속여 만 리 연경에 보냈다. 이제는 치욕을 씻고 경의 은혜를 논하컨대, 살을 베어 봉양해도 부족하다. 백골이 진토 되어도

그 은혜를 어찌 다 갚겠는가. 황태후는 어디 가서 이놈 고기 맛볼 줄을 모르는가."

원수의 손을 잡고 백 번이나 치사하니 원수가 더욱 감축(경사스러운 일을 함께 감사하고 축하함)하여 머리를 조아려 사례하였다. 군중 앞에 나서니 중군 조정만이 즐거움을 측량치 못하여 장대 아래에 내려 백배 치사하며 즐겼다.

이때 한담이 일귀의 죽음을 보고 분한 마음이 가득 찼다. 벽력 같은 소리를 천둥같이 지르고 장창 대검 다잡아 쥐고 전장에 오백 보를 솟아 뛰어서며, 육정육갑(둔갑술을 할 때 부르는 신장의 이름)을 베풀어 좌우 신장을 옹위하고, 둔갑술로 몸을 숨겨 변화를 일으켜 호통을 크게 지르며 원수를 불렀다.

"충렬아, 가지 말고 네 목을 바삐 상납하라."

원수가 한담이 나온 것을 보고 크게 기뻐하여 응하고 나가려 하니 황제가 원수에게 당부하였다.

"한담은 일귀나 마룡과 같은 유가 아니니라. 천신의 법을 배워 모든 사람이 감당할 수 없는 힘이 있고 변화를 측정할 수 없으니 각별히 조심하라."

원수가 크게 웃으며 진영 앞에 나섰다. 한담을 바라보니 신장이 십여 척이요, 얼굴이 웅장하며 황금 투구의 녹포운갑에 조화를 붙였는데, 하늘 위 익성의 정신을 가슴속에 감추었으니, 한 시대의 명장이요, 역적이 될 만하였다. 원수가 기운을 가다듬고 신화경을 잠깐 펴 익성의 정신을 다 쇠퇴케 하고 장성검을 다시 닦아 별빛을 찬란케 하고 변화로

은신하고 호통을 크게 하며 한담을 불러 말하였다.

"네놈은 명나라 정종옥의 자식 정한담이 아니냐. 대대로 명나라 녹을 먹고 그 어진 임금을 섬기다가 무엇이 부족하여 충신을 다 죽이고 부모의 나라를 치려 하느냐. 비단 천하 사람뿐 아니라 지하 귀신들도 너를 잡아 황제 앞에 드리고자 할 것이니 너 같은 만고의 역적이 살기를 바랄쏘냐. 네놈을 산 채 잡아 전후 죄목을 물은 후에 너의 살은 포를 떠 종묘에 제사하고 그 남은 고기는 받아다가 우리 부친 충혼당(忠魂堂)에 석전제(장례 기간 동안 저녁마다 위패 앞에 제물을 올리는 의식)를 지내리라. 바삐 나와 나를 보라."

한담이 분노하여 소리에 응하고 말을 타고 나왔다. 원수가 한담을 맞아 싸우려 하다가, 칼로 반만 치면 죽을 것이지만 살려서 잡고자 마음먹고 장성검 높이 들어 한담을 치려 했다. 그런데 한담은 간 데 없고 채색 구름이 뭉게뭉게 일어난다. 원수가 든 장성검의 칼빛이 없어지고 펴져 있던 칼이 도로 사려졌다. 원수가 크게 놀라 급히 물러와 신화경을 바삐 펴서 한 편을 외운 후에, 장성검을 세 번 치며 풍백(바람의 신)을 바삐 불러 채색구름을 쓸어 버리고 안순풍의 조화를 부려 적진을 살펴보았다. 한담이 변신하여 채색 구름에 싸여 십여 척 장검 번뜩이며 원수를 따르고 있었다. 원수가 그제야 깨닫고 말하였다.

"한담은 천신이다. 산 채로 잡으려 하다가는 환을 당하겠구나."

그리고 다시 싸우러 나갔다. 진영 앞에는 안개 자욱하고 장성검은 번개가 되어 공중에 빛나며 한담을 치려 하였다. 허나 한담의 몸에는 끝내 칼이 가까이 가질 못하였다. 그리하여 적진을 향하여 뒤로 들어 진영 안을 헤칠 듯하니, 한담이 원수를 따라 잡으려고 급히 말을 돌렸다. 그때 번개가 번쩍하여 한담이 탄 말이 땅에 거꾸러졌다. 원수가 급히 칼을 들어 한담의 목을 치니 목은 맞지 아니하고 투구만 깨어졌다. 한담이 기운이 다하여 거의 죽게 되었는데, 적진에서 한담의 투구 깨어짐을 보고 크게 놀라 급히 쟁을 쳐 군사를 거뒀다. 한담은 본진에 돌아와 정신을 놓고 기운을 수습하지 못하다가, 좌우의 구완을 받아 겨우 정신을 차려 앉으며 물었다.

"선생은 어찌 알고 소장을 부르셨습니까?"

도사가 말하였다.

"적장의 칼끝에 장군의 투구가 깨어지는 걸 보고 매우 위태하여 불렀습니다."

한담이 크게 놀라 머리를 만져 보니 투구가 없었다. 더욱 놀라 말하였다.

"적장은 분명 천신이요, 사람은 아니로구나. 내가 십 년을 공부하여 사람은커녕 귀신도 측량치 못하는 법이 많았다. 마룡과 최일귀가 죽은 것을 보고 조심하여 십 년 배운 법을 오늘날 모두 다 베풀어 적장을 잡으려 했는데, 잡기는커녕 기운이 다하여 거의 죽을 뻔한 것을 다행히 선생의 힘을 입어 목숨이 살았구나. 천만 가지로 생각하되 힘으로는 잡을 수 없으니, 선생은 깊이 생각해 주십시오."

도사가 이 말을 듣고 간담이 서늘했다. 이윽고 생각하다가 군중에 명을 전하여 진영의 문을 굳게 닫고 한담을 불러 말하였다.

"적장을 잡으려 한다 해도 인력으로는 잡지 못할 것이니, 군장 기계를 모아 여차여차하였다가 적장을 유인하여 진영 안에 들어오면 제 비록 천신이라도 피할 길이 없을 것입니다."

한담이 크게 기뻐하여 도사의 말대로 약속을 정했다. 며칠 후, 갑주를 갖추고 진영 문에 나서며 원수를 불렀다.

"네 한갓 혈기만 믿고 우리를 대적하니 자식들이 가엾도다. 빨리 나와 자웅(雌雄)을 결단하라."

이때에 원수가 의기양양하여 진 앞을 횡행하다가 부르는 소리를 듣고 응하였다. 말을 타고 달려나가 한 번 겨루지도 않고 거의 잡게 되었는데, 적진이 또한 쟁을 쳐 군사를 거두었다. 원수는 이긴 김에 계속 쫓아가 바로 적진 선봉을 헤쳐 달려들었다. 그때 장대에서 북소리 나며 난데없는 안개가 사면에 가득 끼었다. 적장은 간 데 없고 음산한 바람이 소소하며 차가운 눈이 흩날리니 지척을 모를 지경이었다. 가련하다, 유충렬이 적장 꾀에 빠져 함정에 들었으니 목숨이 경각이다. 원수가 크게 놀라 신화경을 펴 놓고 둔갑술로 몸을 감추었다. 안순법을 베풀어 진영 안을 살펴보니, 토굴을 깊이 파고 그 가운데 창과 칼을 삼줄기처럼 벌여 놓았다. 사해의 신장이 나열하여 독한 안개, 모진 모래를 사면으로 뿌리면서 함성 소리를 크게 질렀다.

"항복하라!"

그 소리가 천지에 진동하였다. 원수가 그제야 간계에 빠진 줄 알고 신화경을 다시 펼쳐 육정육갑을 베풀어 신장을 호령하고, 풍백을 바삐 불러 구름과 안개를 쓸어 버렸다. 그러자 명랑한 푸른 하늘과 밝은 해가 일광주를 희롱하고 장성검은 번개 되어 적진이 요란하다. 적진을 살

퍼보니 무수한 군졸이며 진영에 모든 복병이 둘러싸서 백만 겹을 에웠는데, 장대에서 북을 치며 군사를 재촉하고 있다. 원수가 분노하여 일광주를 다시 만져 용린갑을 다스리고 천사마를 채찍질하여 좌우의 진영 안에서 호통하며 좌충우돌 횡행하였다. 호통 소리 지나는 곳에 번갯불이 일어나며 번갯불이 일어나는 곳에 뇌성벽력(雷聲霹靂, 천둥과 벼락)이 진동하니 군사와 장수가 넋을 잃고 모든 장수 귀가 먹고 눈이 어두워졌다. 제 군사를 제가 몰라 서로 밝히느라 분주할 때, 변화 무쌍한 장성검이 동쪽 하늘에 번득이면 오랑캐 적이 쓰러지고 서쪽 하늘에 번득이면 전후 군사 다 죽어 나가 추풍낙엽처럼 볼 만하였다. 무릉도원에 붉은 물이 흐르는 듯한데, 그것이 핏물이었다.

원수가 선봉 중군 다 헤치고 적진 장대에 달려들었다. 정한담이 칼을 들고 장대 위에 서 있다. 원수가 호통 소리 크게 하고 장성검을 높이 들어 큰 칼에 베어 버렸다. 한담의 목을 들고 후군으로 달려드니, 이때 황후와 태후가 적진에 잡혀 있다가 토굴 속에서 소리를 쳤다.

"저기 가는 저 장수는 행여 명나라 장수거든 우리 고부(姑婦, 시어머니와 며느리) 살려 주시오."

원수가 분한 기분이 등등하여 적진에 횡행하다가 슬픈 소리가 나므로 천사마를 그곳으로 몰아 갔다. 급히 달려가 말에서 내려 말하였다.

"소장은 동성문 안에 거하던 유 주부 아들 충렬이옵니다. 아비 원수 갚으려고 먼 길을 마다하지 않고 달려와서 정문걸을 한칼에 베고, 그 후에 최일귀와 마룡을 잡고 한담의 목을 베려 이곳에 왔사옵니다. 소장과 함께 본진으로 가사이다."

황후와 태후가 이 말을 듣고 토굴 밖에 나와 원수의 손을 잡고 치사하였다.

　"그대는 분명 유 주부의 아들인가? 어디 가서 장성하여 이런 명장 되었는가? 그대 부친은 어디 있느뇨? 장군의 힘을 입어 우리 고부가 살아났구려. 백발이 성성한 이내 몸이 황제 아들 다시 보고, 곱고 고운 젊은 얼굴 내 며느리 황제 낭군 다시 보게 하니, 그 공로 그 은혜는 태산이 무너져서 평지가 되어도 잊을 수 없고, 천지가 변하여 푸른 바다가 될지라도 잊을 가망이 전혀 없구려. 머리를 베어 신을 삼고 혀를 빼어 창을 받아 백 년 삼만 육천 일에 날마다 이고서도 그 공로를 다 갚을까. 본진에 돌아가서 내 아들 어서 보세."

　원수가 절하고 황태후를 바삐 모셔 본진에 돌아왔다. 정한담의 목을 내어 황제 앞에 바치려고 칼끝에 빼어 보니 진짜는 간 데 없고 허수아비 목을 베어 온 것이 아닌가. 원수가 분노하여 다시 싸움을 돋웠다.

　이때, 황제는 양쪽 진영의 싸움을 구경하고 있었다. 원수가 적진에 달려들며 사면에 안개가 가득하고 적진의 복병이 벌 일듯 하여 빈틈없이 둘러싸고 고각 함성은 천지 진동하고 원수의 칼날이 보이지 않자 황제가 크게 놀라 낯빛이 변하여 발을 구르며 땅에 엎어져 통곡하였다.

　"이제는 죽었구나. 하늘의 도움으로 충렬을 얻었는데, 이제는 죽었구나. 알 수 없는 이내 팔자 살아 무엇하리. 신령하신 지하의 신과 땅의 신은 이런 풍경과 상황을 살피시어 유충렬을 살려 주소서."

　이렇듯이 슬피 울고 있는데 뜻밖에 적진 중에 안개 없어지며 벽력 같은 소리 나고 장성검이 번개 되어 적진 억만 군사를 순식간에 쓰러뜨려 사람이 없는 지경이 되었다. 그러더니 한 대장이 진영 문밖에 나서며 황후와 태후를 모시고 본진으로 돌아오는 것이 아닌가. 황제와 태자가 버선발로 달려들어 황제는 원수의 손을 잡고, 태자는 태후의 손을 잡고 한데 어우러져 즐거운 마음을 헤아릴 수 없어 웃음 절반, 울음 절반 두 가지가 섞였다. 황제는 옥새를 목에 걸고 항서를 손에 들고 항복하려 나오다가 뜻밖에 충렬을 얻어 살아난 말씀을 하고, 황태후는 적진에 잡혀가 토굴 속에 갇히었다가 뜻밖에 원수를 만나 살아 온 말씀을 했다. 군사들도 즐거워 치하하는 소리가 가득하였다.

정한담, 유심을 이용해 유충렬을 잡으려 하다

한편, 정한담은 도사의 꾀를 듣고 적장을 유인하여 함정에 넣었으나, 적장이 죽기는 고사하고 삼군 억만 군사를 한칼에 무찌르고 장대에 달려들어 한담의 혼백 붙인 가짜를 베고 후군을 치다가 황태후를 데려가는 모습을 보고 넋을 잃었다. 도사에게 들어가 말하였다.

"충렬은 분명 천신입니다. 이제는 백 개의 계책이 소용없으니 선생은 어찌하시겠습니까?"

도사가 크게 놀라고 슬퍼하며 어찌할 줄을 몰랐다. 그러다가 한 꾀를 생각하고 한담을 불러 말하였다.

"적장 유충렬은 몇 년 전에 연경으로 귀양 간 유심의 아들이라 합니다. 이제 군사를 급히 재촉하여 유심을 잡아다가 진중에 가두고 죽이려 하면 제아무리 충신이나 어진 임금만 생각하고 제 아비를 생각지 아니하겠습니까?"

한담이 이 말을 듣고 크게 기뻐하였다. 즉시 군중에 명령하여 날랜 군사 십여 명을 선발하여 유 주부를 빨리 잡아 오게 하였다.

각설, 이때 유 주부는 북방 극한의 땅에서 몇 년을 고생하느라 모습이 보잘것없게 되어 있었다. 남경에 난리 났단 말을 듣고 밤낮 근심하며 행여 황제가 죽을까 염려하여 동지의 길고 긴 밤에 촛불만 돋워 켜고 축수하였다.

"밝은 하늘은 감동하사 우리 황제 살려 주소서. 내 아들 충렬이 살았거든 남경을 구원하고 제 아비 원수를 갚게 하소서."

이렇듯이 정성을 들이고 있었다. 그런데 뜻밖에 한 떼의 군사들이 달려들어 유 주부를 잡아내어 수레 위에 높이 싣고 머나먼 길을 재촉한다. 유 주부가 정신을 놓았다가 겨우 정신을 차려 생각하였다.

'이제는 할 수 없이 죽는구나. 우리 황제 승전하였으면 날 잡아 오라고 할 리가 없다. 분명 정한담이 역적이 되어 황제를 죽이고 나도 또한 죽이려고 이러는구나. 푸른 하늘, 해와 달도 무심하고 형산의 신령도 못 믿겠다. 내 아들 충렬이도 정녕 죽었구나. 살았으면 어찌 가서 아비의 원수 못 갚는가.'

이렇듯 생각하며 슬피 우니 군사들도 눈물을 흘렸다.

여러 날 만에 적진에 도달했다. 이때 정한담이 용상에 높이 앉아 곤룡포를 깨끗이 입고 모든 관리가 시위(侍衛, 모시고 호위함)한 가운데 유심을 잡아다가 발아래에 엎드리게 하고 달래었다.

"그대의 마음이 하도 고집스러워 만 리 연경에 수년을 고생하니 내 마음이 불안하였소. 이제는 짐이 황제가 되어 모든 관리를 거느리게 되었는데, 그대 아들이 아직 철이 들지 않아 하늘의 위엄을 모르고 죽은 명나라 황제를 살리려고 우리 군사를 침노하는구려. 죄를 논하자면 진작 죽일 것이지만, 그대를 생각하여 아직 살려 두었더니 끝내 항복치 아니하고 있소. 그래서 그대를 데려다가 자식에게 편지나 하게 하려 하오. 부자 함께 만나 나를 도우면 고관대작(高官大爵, 지위가 높고 훌륭한 벼슬)을 원하는 대로 할 것이니 부디 사양치 마시오."

유 주부가 이 말을 듣고 분한 마음이 솟구쳐 눈을 부릅뜨고 쪼그려 앉으며 말하였다.

"네 이놈 정한담아, 천지도 무섭잖고 일월도 두렵지 아니하냐. 나는 자식도 없고, 자식이 혹시 있다 한들 우리 황제를 모시고 너 같은 역적 놈을 죽이려 하는데 그 아비가 무슨 일로 성군을 저버리고 역적을 도우라 하겠느냐. 내 자식은 물론이고 넓은 천지간에 삼척동자도 네 고기를 먹고자 한다. 하물며 내 아들은 옥황이 점지하사 남경을 도우라 하였으니 만고의 역적 너 같은 놈을 섬길 듯하냐."

이렇듯이 무섭게 꾸짖으며 노기가 등등하였다. 한담이 크게 노하여 유심을 잡아내어 군중에게 치라 하니, 곁에 있던 군사 벌떼같이 달려들어 칼날을 번뜩이며 유 주부를 잡아냈다. 도사가 한담을 말렸다.

"그대 어찌 가벼이 행동하시오? 유심의 상을 보니 당대 왕후(왕과 제후)의 기상이니 하늘의 명이 완연한데 그리할 가망이 있겠소. 만일 죽였다가는 큰 환이 목전에 있을 것이니 분한 마음을 참으십시오."

한담이 분한 기운을 이기지 못하여 생전 돌아오지 못할 데로 다시 귀양을 보냈다. 그리고 거짓으로 유심의 편지를 만들어 무사로 하여금 명나라 진중에 쏘아 원수에게 보게 하였다. 이때 원수가 장대에 앉아 있는데 난데없는 화살 하나가 진중에 내려온다. 급히 주워다가 화살을 보니 화살 끝에 편지 한 장 달려 있었다. 끌러 보니 그 편지가 이러했다.

연경에 유배된 유 주부는 불효자 충렬에게 한 장 서간 부치나니 급히 받아 떼어 보라. 오호라, 너의 부모 나이가 인생의 반이 넘도록 일점혈육 없었는데 남악산에 산제하고 너를 늦게야 낳아 영화를 보려 했다. 그러나 나의 팔자 기박하여 황제께 득죄하고 만 리 연경에 귀양 가서 죽게 생겼는데도 자식이되 아비를 찾지 아니하는구나. 부모를 상봉함은 천륜(天倫)에 당연커늘, 너의 몸만 장성하여 망한 나라 섬기려고 새 나라를 침노하니 새 황제가 네 아비를 잡아다가 너 같은 몹쓸 자식 두었다고 도마 위에 올려놓고 죽이려 하니 망극한 일 아니냐. 세상 사람이 자식 낳으면 좋다고 하는 것은 자식의 힘을 입어 영화를 보기 때문이다. 그러므로 아들을 얻으면 좋다 하는데, 나는 무슨 죄로 영화 보기는커녕 백발이 성성한 파리한 목에 창검이 웬일이며, 피골상련 늙은 수족 수레소(사지를 찢는 형벌에 쓰는 소)를 어이하리. 네가 분명 나의 자식이거든 급히 항복하여 우리 부자 상봉하며 많은 복록을 먹게 하라. 만일 내 말을 듣지 아니하면 죽은 혼이라도 자식이라 아니하고 모진 귀신이 되어 네 몸을 해하리라. 할 말이 무궁하되 목숨이 경각이기에 다급하여 그친다.

원수가 이 편지를 보고 정신이 아득하여 가슴속이 막혀 사람 일을 모르더니 겨우 진정하고 황제께 들어가 그 편지를 드렸다.

"이 글을 보옵소서, 폐하. 예전에 소신 아비의 필적을 보았을 것이니 이게 정녕 아비의 필적이오니까?"

황제와 태자가 그 편지를 다 본 후에 박장대소하며 원수를 위로했다.

"그대의 부친이 죽은 지 오래이다. 혼백이 살았더라도 글씨를 보니 전후 본 적 없는 필적이다. 설령 살았을지라도 이런 말을 어이 할까. 장군은 염려 말고 정한담을 사로잡아 그 곡절을 물어보면 내 말이 옳다 하리라."

원수가 물러나와 생각하였다. 예전에 강 승상을 만날 때에 멱라수 회사정에 부친이 빠져 죽은 표적이 붙어 있었으니 부친이 죽기는 분명한 것 같았다. 이제 어찌 적진에 들어가 편지를 부쳤겠는가. 그러나 나의 마음이 심란하다. 적진을 쳐부수고 한담을 사로잡아 이 일을 해명하게 하리라. 그리하여 일광주를 다시 씻고 황룡 같은 수염을 거스르고 봉황의 눈을 부릅뜨며 용린갑을 졸라 입고 대장검을 높이 들며 신화경을 손에 들고 천사마를 바삐 몰아 진영 앞에 나서며 한담을 크게 불렀다.

"네 이놈, 간사한 꾀를 내어 나를 항복시키고자 하거니와 내 어찌 모를쏘냐. 바삐 나와 죽어 보라."

한담이 겁에 질려 도성에 들어가서 선봉만 남겨 두고 군문을 굳게 닫고 나오지 않았다. 원수가 승승장구하여 적진에 달려들어 장성검을 번득이며 적진의 선봉을 씨가 없이 다 죽이고 도성 문에 달려드니 사대문이 닫혔다. 호통 소리 한 번에 장성검을 번득이며 철편으로 문을 치니, 문이 산산조각 나서 겨울 시월 눈발 날리는 차가운 바람에 백설같이 흩날렸다. 순식간에 달려들어 궐문 밖에 진을 친 군사 큰 칼에 무찌르고 정한담을 바삐 찾아 궐문 안에 들어갔다. 이때 한담이 원수가 도성에 들어온단 말을 듣고 황급히 북문으로 도망하여 도사를 데리고 호산대에 높이 올라 피란하였다.

유충렬, 황제를 구하고 역적을 잡다

원수가 도성에 들어가 한담의 가족을 잡고 또 그 삼족을 다 잡아 본진으로 보냈다. 그리고 만조제신을 호령하여 옥연(玉輦, 옥으로 만든 연. 연은 임금이 타는 가마)을 갖추어 본진에 돌아가서 황제를 모시고 환궁하였다. 그 후 한담의 가족에게 낱낱이 죄를 물은 후에 씨 없이 베고, 조정 만을 신칙(단단히 타일러서 경계함)하여 본진을 지키게 하였다. 그러고 나서 원수가 예전에 살던 집터를 가 보니, 웅장하고 높고 거대한 누각의 빈 터만 남아 있었다. 슬픈 마음을 진정하고 궐문을 향하여 돌아서니 부모 생각이 측량할 수 없고 지나가는 길이 캄캄하여 참을 길이 없었다. 갑주를 벗어 땅에 놓고 가슴을 두드리며 대성통곡하였다.

"옛날에 기자도 나라가 망한 후에 옛터를 지나다가 궁실이 무너져서 쑥대밭이 됨을 보고 「맥수가」를 슬피 지어 옛 정을 생각하였다. 이제 유충렬은 물 가운데에서 부모 잃고 길바닥에서 걸식하다가 이내 몸이 장성하여 살던 터를 다시 보니 장부 한숨이 절로 나오는구나. 우리 부모는 어디 가시고 이런 줄을 모르시는가. 상전벽해(桑田碧海, 세상일의 변함이 심함)하단 말을 곧이듣지 않았으나, 이내 일을 생각하니 백 년 인생이 풀잎에 맺힌 이슬 같고 만세 광음이 흐르는 물이로다. 부귀영화 본다 하고 부디 사람을 가벼이 여기지 말고 제 복 있어 잘산다고 일가친척 괄세하지 말아야 할 것이다. 고진감래(苦盡甘來, 힘든 일이 다하면 좋은 일이 옴) 홍진비래(興盡悲來, 즐거운 일이 다하면 슬픈 일이 닥쳐옴)는 고금에 일상이로구나. 양지가 음지 되고 음지가 양지 되는 줄을 그 누가 알아보겠는가. 권세 좋다 귀하다고 천만 년을 믿지 말 일이다."

이렇듯이 눈물을 흘리고 도성에 들어왔다.

모든 조정의 관리 시위 중에 충신은 다 죽고 남아 있는 자는 정한담과 동류(同類)였다. 낱낱이 잡아내어 죄의 경중을 묻고는 장안 저잣거리에서 처형한 뒤, 정한담을 찾으라고 군중에 명령을 내렸다.

이때 정한담은 호산대에서 도사와 의논하고 있었다. 도사가 한 꾀를 생각하여 말하였다.

"이제 백 개의 계책이 소용없습니다. 간신히 남은 군사를 모아서 패문(牌文, 왕이 아랫사람에게 전하는 글)을 지어 남만과 서번과 호국에 보내어 패전한 말을 하고 구원병을 청하여 한 번 싸운 후에 뜻대로 되지 않으면 목숨만 도망하여 나중을 노려봄이 어떻겠습니까?"

한담이 크게 기뻐하며 패문을 지어 급히 오국에 보냈다. 이때 오국의 군왕들은 각기 장수를 보내 두고 승전하기를 밤낮 기다리고 있었다. 그런데 뜻밖에 패군한 소식이 왔으므로 각각 분노하였다. 서천 삼십육도 군장이며 가달 토번 왕과 호국 대왕이 정병 팔십만과 용장 천여 명, 신기한 도사를 좌우에 앉히고 진세를 살펴보았다. 각각의 군왕들이 중군이 되어 천하 명장을 간택하여 선봉을 정한 후에 행군을 재촉하여 달려드니 그 거동의 웅장함은 한 입으로 다 말하기 어려울 지경이었다.

이때 정한담이 청병이 온 것을 보고 기운이 나서 펄쩍 뛰었다. 성명을 바삐 적어 군중에 통지하고 도사와 함께 호왕께 현신하고 전후의 일을 낱낱이 아뢰었다. 호왕 등이 이 말을 듣고 정문걸이며 마룡이 죽었단 말을 듣고 간담이 서늘하여 싸울 마음이 나지 않았다. 그러나 한갓 분한 마음을 못 이기어 정한담과 합세하여 호산대에 진을 치고 격서를 남경으로 보냈다.

이때 원수는 도성에 들어가고 조정만은 금산성 아래에 진을 치고 있었는데 뜻밖에 조정만이 장계를 올렸다. 급히 열어 보니 이러하였다.

오국의 군왕들이 패군했다는 말을 듣고 각각 중군이 되어 오는 중에 정한담과 옥관도사도 합력하여 격서를 보냈습니다. 원수는 급히 와 적을 막으십시오.

원수가 그것을 듣고 크게 웃었다.

"정문걸과 마룡은 천하 명장이라도 내 칼끝에 죽었는데, 하물며 호국, 오국의 오랑캐 군쯤이야. 제 비록 하늘을 날고 땅에 들어가는 놈이 선봉이 되었으나 한갓 장성검에 피만 묻힐 따름입니다. 황상은 염려 마옵시고 소장의 칼끝에 적장의 머리 떨어지는 구경이나 하옵소서."

즉시 갑주를 갖추고 본진에 돌아와 군사를 신칙하여 대열을 각별히 단속하고 적진에 글을 보내 싸움을 돋우었다.

이때 정한담이 오국 군왕 앞에 한 꾀를 내놓았다.

"도사의 재주는 소장이 십 년을 공부하여 변화 무궁하고 구 척 장검 칼머리에 강산도 무너지고 바다도 뒤엎었습니다. 그러나 명나라 진영의 도원수 유충렬은 천신이요, 사람은 아니옵니다. 이제 대왕이 억만 군사를 거느리고 왔으나 충렬을 잡기는커녕 접전할 장수도 없사오니, 만일 싸우다가는 우리 군사는 씨가 마르고 대왕의 중한 목숨도 보존하기 어려울 것이옵니다. 오늘 밤 삼경에 군사를 갈라 금산성을 치면 유충렬이 응당 구하러 올 것이니, 그때를 타 소장은 도성에 들어가 황제의 항복을 받고 옥새를 빼앗겠습니다. 그러면 제아무리 천신이라 한들 제 임금이 죽었으니 무슨 면목으로 싸우겠습니까. 그 꾀 마땅하오니 대왕의 처분은 어떠하십니까?"

호왕이 크게 웃으며 한담을 대장으로 삼고, 천극한으로 선봉을 삼아 약속을 정하였다. 모든 군사 중에 기치를 둘러 도성으로 갈 듯이 하니, 원수가 산 아래에 있다가 적의 형세를 탐지하고 도성으로 들어왔다.

이 밤 삼경에 한담이 선봉장 극한을 불러다가 군사 십만 명을 주어 금산성을 치라고 하였다. 극한이 청명하고(명령을 듣고) 금산성으로 달려들었다. 호통 한 번에 십만 명을 나열하여 군문을 바삐 헤쳐 군중에 들어가 좌우를 충돌하며 쳐들어가니, 금산성에서는 불의에 환을 만나 황급하였다.

원수가 도성에서 적의 형세를 탐지하고 있는데 한 군사가 보고했다.

"지금 도적이 금산성에 들어와 군사를 다 죽이고 중군의 대장을 찾아 횡행하니 원수는 급히 와 구원해 주십시오."

원수가 크게 놀라 금산성의 십 리 뜰에 나는 듯이 달려들었다. 벽력같은 소리를 지르며 적진을 쳐 중군에 들어가 조정만을 구원하여 장대에 앉혀 놓고 필마단창으로 성화같이 달려들었다. 장성검이 지난 곳에 천극한의 머리가 베어지고, 천사마 닫는 곳에 십만 군병이 팔공산 초목이 구시월 만난 듯이 순식간에 없어졌다. 원수가 본진에 돌아와 칼끝을 보니 정한담은 어디 가고 전후에 보지 못한 되놈이었다.

이때 한담이 원수를 속이고 정병만 가려 뽑아 급히 도성에 들어갔다. 성안에 군사는 없고 황제는 원수의 힘만 믿고 깊이 잠들어 있었다. 그런데 뜻밖에 천병만마가 성문을 깨치고 궐내에 들어와 함성을 지른다.

"이봐, 명나라 황제야! 어디로 가는가. 팔랑개비라 하늘로 오르며 두더지라 땅으로 들어가는가? 네놈의 옥새 빼앗으려 하더니 이제는 어디로 가는가? 바삐 나와 항복하라."

그 소리에 궁궐이 무너지며 혼백이 하늘로 올라갔다. 명나라 황제가 넋을 잃고 용상에 떨어졌다가, 옥새를 품에 품고 말 한 필 잡아타고 엎어지며 자빠지며 북문으로 도망하여 변수 가에 다다랐다. 한담이 궐내에 달려들어 황제를 찾으니 간 데가 없었다. 이때 황후와 태후, 태자가 도망하여 나오는 것을 보고 호령하고 달려들어 황후를 잡아 궐문에 나와 호왕에게 맡기고 북문으로 나섰다. 황제가 변수 가로 도망하는 것을 보고 한담이 크게 기뻐 천둥 같은 소리 지르고 순식간에 달려들어 구척 장검을 번득였다. 황제가 탄 말이 백사장에 거꾸러졌다. 한담이 황제를 잡아내어 말 아래에 엎드리게 하고, 서리 같은 칼로 통천관(通天冠, 황제가 정무를 볼 때 쓰던 관)을 깨어 던지며 호통쳤다.

"이봐, 들어라. 하늘이 나 같은 영웅을 내신 것은 남경에서 황제를 시키기 위해서다. 네 어찌 황제를 바라는가. 네 한 놈 잡으려고 십 년을 공부하여 변화 무궁한데 네 어찌 순종치 아니하고 조그마한 충렬을 얻어 내 군사를 침노하느냐. 너의 죄를 논하건대 이제 바삐 죽일 것이로되, 옥새를 드리고 항서를 써 올리면 죽이지 않겠지만 그렇지 아니하면 네놈의 노모와 처자를 한칼에 죽이리라."

황제가 할 수 없어 말하였다.

"항서를 쓰자 한들 종이와 붓이 없다."

한담이 분노하여 창검을 번득이며 소리쳤다.

"용포를 떼고 손가락을 깨물어 항서를 쓰지 못할까!"

황제가 용포를 떼고 손가락을 깨물려 하니 차마 못할 일이다. 이럴 즈음에 저승인들 무심하겠는가.

이때 원수가 금산성에서 적진 십만 군사를 한칼에 무찌르고, 바로 호산대에 도달하여 적진의 정병을 씨 없이 함몰하고자 달려가는데, 뜻밖에 달빛이 희미하며 난데없는 빗방울이 원수의 얼굴에 떨어졌다. 원수가 기이하여 말을 잠깐 멈추고 하늘의 기운을 살펴보니 도성에 살기가 가득하고 황제의 자미성이 떨어져 변수 가에 비추고 있다. 크게 놀라 발을 구르며 말하였다.

"이게 웬 변이냐!"

갑주와 창검을 갖추고 천사마 위에 바삐 올라 산호 채찍을 높이 들어 말을 채찍질하며 부탁하였다.

"천사마야, 너의 용맹 두었다가 이런 때에 아니 쓰고 어디 쓰겠느냐. 지금 황제가 도적에게 잡혀 목숨이 경각이다. 순식간에 도달하여 황제를 구원하라."

천사마는 본래 천상에서 타고 온 비룡이라, 채찍질을 아니하고 부탁하되 제 가는 대로 두어도 순식간에 몇천 리를 갈 줄 모르는데, 하물며 제 임자가 급한 말로 부탁하고 산호 채찍으로 채찍질하니 어찌 급히 가지 않겠는가. 눈 한 번 깜짝이니 황성 밖을 얼른 지나서 변수 가에 이르렀다. 이때 황제는 백사장에 엎어져 있고 한담은 칼을 들고 황제를 치려 하고 있었다. 원수가 이때에 이르러 평생에 있는 기력과 일생에 지른 호통 힘을 다해 지르고 천사마도 평생 용맹을 이때에 다 부리고 변화 좋은 장성검도 삼십삼천(三十三天) 어린 조화 이때에 다 부렸다. 원수가 닿는 앞에 귀신인들 아니 울며, 강산도 무너지고 바다도 뒤엎는 듯 혼백인들 아니 울겠는가. 혼신이 불빛이 되어 벽력같이 소리쳤다.

"이놈, 정한담아, 우리 황제 해치지 말고 나의 칼을 받으라."

그 소리에 나는 짐승도 떨어지고 강의 신 하백이 넋을 잃어 용납하지 못하는데 정한담의 혼백인들 아니 가며, 간담이 성할쏘냐. 호통 소리 지나는 곳에 두 눈이 캄캄하고 두 귀가 먹먹해졌다. 탔던 말 둘러 타고 도망가려다가 형산마 거꾸러져 백사장에 떨어지고 말았다. 창검을 나눠 들고 원수를 막으려 하나, 구만 청천 구름 속에 번개 칼이 번뜩이니 한담의 두 팔목이 말 아래에 내려지고, 장성검 번뜩이니 한담의 장창 대검이 부서진다. 원수가 달려들어 한담의 목을 산 채로 잡아들고 말에서 내려 황제 앞에 엎드렸다. 이때 황제는 백사장에 엎어져서 반생반사(半生半死) 기절하여 누워 있었으므로, 원수가 붙잡아 앉히고 정신을 진정한 후 땅에 엎드려 아뢰었다.

"소장이 도적을 함몰하고 한담을 사로잡아 말에 달고 왔나이다."

황제가 당황하던 중에 원수란 말을 듣고 벌떡 일어나 앉아 보니, 원수가 땅에 엎드려 있다. 달려들어 목을 안고 외쳤다.

"네가 정말 충렬이냐. 정한담은 어디 가고 네가 어찌 여기 왔느냐. 나는 죽게 되었더니 네가 와서 살렸도다."

원수가 전후의 일을 아뢴 후에 한담의 머리를 풀어 손에 감아 들고 도성에 들어왔다.

이때 오국의 군왕이 성중에 들어갔다가 한담이 사로잡혔단 말을 듣고 겁을 먹고, 도성에 들어가 성안의 보화와 일등 미인들을 탈취하고 황후와 태후, 태자를 사로잡아 수레 위에 높이 싣고 본국으로 돌아가고 없었다. 황제가 원수를 붙들고 대성통곡하며,

"이 몸이 하늘께 득죄하여 나라가 망하게 되었다가 충신인 그대를 얻어 회복되게 되었다. 허나 부모와 처자를 되놈에게 보내고 나 혼자 살아 무엇하리. 천하를 그대에게 전하나니 그리 알라. 과인은 이제 죽어 혼백이나 호국에 들어가 모친을 만나고 저승에 들어가도 여한이 없으리라."

하고 궐내의 백화담에 빠져 죽고자 하거늘, 원수가 붙들어 용상에 앉히고 여쭈었다.

"소신의 충성이 부족하여 이 지경이 되었으나, 이때를 당하여 신하된 도리로 호국을 그냥 두겠사옵니까. 소신이 재주 없사오나 호국에 들어가 호국의 씨를 멸하고 황태후를 편히 모셔 돌아오겠사옵니다."

황제가 원수의 손을 잡고 눈물을 흘리며 부탁하였다.

"경이 충성을 다하고 호국을 쳐 멸하고 과인의 노모와 처자를 다시 보게 해 주면 살을 베어도 아깝지 아니하리라."

원수가 절하고 나와서, 정한담을 끌러 발아래에 엎드리게 하였다. 좌

우 나졸에게 호령하여 온갖 형벌 갖추고 전후의 죄목을 낱낱이 물었다.

"이놈 들으라, 네 자칭 신황제라 하고 나더러 하늘의 뜻을 모른다 하더니 어찌 두 팔이 없이 내게 잡혀 왔느냐?"

한담이 잠깐 동안 말이 없었다.

"네 자칭 십 년 공부하여 황제를 도모한다 하더니 어떠한 놈에게 공부하여 역적이 되었느냐?"

한담이 여쭈었다.

"소인이 불행하여 도사 놈의 말을 듣고 이 지경이 되었으니 아뢸 말씀 없습니다."

"도사 놈은 어디 갔는가?"

"소인이 변수 가에 갔을 때 호국에 들어간 듯합니다."

"네놈은 나와 같은 하늘 아래 살 수 없는 원수다. 진작 죽여야 하지만, 내 부친의 존망(存亡, 생사)을 알고자 하느니 바른 대로 아뢰라."

한담이 다시 여쭈었다.

"소인의 죄가 중하여 도사의 말을 듣고 정언주부를 모함하여 연경에 귀양 가게 하였다가, 며칠 전에 다시 잡아다가 항복을 받고자 하되 결국 듣지 아니하므로, 다시 호국 포판이라는 곳으로 귀양을 보냈습니다. 그간 생사는 모릅니다."

원수가 이 말을 듣고 통곡하였다.

"강희주는 죽었느냐 살았느냐?"

한담이 여쭈었다.

"강 승상도 모함하여 옥문관으로 귀양 보내고, 그 집 가족을 다 잡아

오게 했는데, 도중에 도망쳐서 영릉 땅 청수에 빠져 죽었다고 합니다.”

원수가 모친이 회수에서 봉변당한 것이 한담이 시킨 일인 줄 모르고 강 낭자 죽은 일만 분하여 한담을 큰 칼로 베고자 하였다. 그러나 부친을 만난 후에 죽이리라 마음 먹고 삼목(三木, 죄인의 목·손·발에 채우던 형벌 기구)을 갖추어 결박하여 전옥(감옥)에 가두었다. 그리고 갑주와 장검을 갖춘 후 황제께 하직하고 나오려 하니 황제가 아래로 내려와 손을 잡고 눈물을 흘리며 말하였다.

“짐의 수족을 만리타국에 보내고 마음이 어떠할꼬. 부디 충성을 다하여 모친과 자식을 살려 쉽게 돌아오시오. 만일 그간에 환이 있으면 누구로 하여 살아날까.”

황제가 십 리 밖까지 전송하며 만 번 당부했다. 원수가 그 명을 받고 필마단창으로 만리타국에 들어갔다.

이때 호왕이 자기 나라로 돌아가며 후환이 있을까 하여 각 도 각 관에 공문을 보내어 호국 들어오는 길에 인가를 없애고 물마다 배를 없애 인적이 통하지 못하게 하였다. 원수가 전장에서 고생하며 음식을 전폐한 날이 많은 데다 부친의 소식을 알고자 하여 침식이 불안하던 차에 호국 수만 리를 주점 없이 지나 오니 기운이 반으로 줄고 행역이 노곤하였다. 유주에 도달하여 자사를 잡아낸 후 죄를 물었다.

“네 이놈, 대대로 나라의 녹을 먹는 신하로서 국가가 불안한데 네 몸만 생각하고 국사를 돌보지 않았구나. 또한 정한담의 말에 의하면 유주부를 네 고을로 귀양하였다던데 어디 계시느냐?”

자사가 겁을 먹고 사죄하였다.

"소인도 나라의 녹을 먹는 신하로 어찌 무심하리까마는, 호병이 남경 가는 길에 소인의 고을로 달려들어 군사와 양식을 탈취하고 소인을 죽이려 하기로 소인이 도망하여 목숨만 살아났으나, 본디 재주 없고 적수단신(赤手單身, 재산도 없고 의지할 데 없는 외로운 몸)이라 할 바를 몰라하고 있었습니다. 다만 나라가 어찌 된 줄을 모르고 있었는데, 며칠 전에 소식을 들어 보니 호병이 승전하여 황후와 태후, 태자를 사로잡아 가노라 하기에 슬퍼하던 차에 장군이 오신 것입니다. 황송하오나 성명은 누구시며 무슨 일로 유 주부를 찾으십니까?"

원수가 슬픔에 젖어 말하였다.

"나는 이 고을에 유배되신 유 주부의 아들이다. 부모의 원수를 갚으려고 적진에 들어가 황제를 구하고, 정한담과 최일귀를 한칼에 베고, 호국 정병을 일시에 무찌르고 황제를 모셔 환궁하였는데 뜻밖에 호국 왕이 들어와 나를 속여 도성을 멸하고 황후를 사로잡아 갔다. 그러므로 북적을 함몰하고 황후를 모셔 오려고 가는 길에 들른 것이다."

자사가 이 말을 듣고 계단 아래에 내려 백배 치사하고 술과 고기를 많이 내어 대접하고 십 리 밖에 전송하였다.

원수가 유주를 떠나 호국에 다다르니 눈과 바람은 날리고 도로는 험악하여 인적이 없었다.

유충렬, 태후와 태자를 구하다

각설, 이때 호왕이 십만 군사를 거느리고 남경에 갔다가 한담이 사로

잡혔단 말을 듣고 도성에 들어가 황후와 태후, 태자를 사로잡고 성 안의 보화와 일등 미인들을 탈취하여 본국으로 돌아왔다. 승전곡을 울리며 잔치를 베풀고 며칠 즐긴 후에 황후와 태후, 태자를 잡아내어 무릎 아래에 엎드리게 하였다. 나졸이 좌우에 늘어서서 칼과 창을 벌였는데 호왕이 인검으로 난간을 치며 태자를 호령하였다.

"네 이놈, 예전에 네 아비의 힘을 믿고 외람되이 동궁이라 하였거니와 이제는 과인이 하늘께 명을 받아 황제에게 항복받고 네 조모를 사로잡아 왔으니 세상에 천자(天子)가 나밖에 또 있겠느냐. 네 바삐 항복하여 나를 도우면 죽이지 아니하려니와 그렇지 아니하면 너희 모자를 북해(北海) 바다에 던지리라."

이렇듯 호령하니 군사의 엄장함은 염라국이 가까운 듯하고, 호왕의 엄한 위풍은 단산의 맹호가 누워서 땅에 등을 비비는 듯하였다. 황후와 태후가 정신이 아득하여 세 사람이 서로 목을 안고 아래에 엎드려 어찌할 줄 몰랐다. 이때 태자의 나이 십삼 세, 호왕에게 호령을 하였다.

"네 이놈, 역적 놈아! 한갓 강포함만 믿고 외람되이 남경을 침노하여 이 지경이 되었으나 언감생심(焉敢生心, 감히 그런 마음을 품을 수 없음)에 황제를 욕보이며, 나에게 항복받아 네 신하를 삼을쏘냐. 군신의 의를 논하건대 황제는 만민의 아버지요, 황후는 만민의 어머니다. 너는 만고의 역적 놈이다."

호왕이 분노하여 나졸을 재촉하니, 일시에 달려들어 황후와 태후, 태자를 잡아냈다. 온갖 형벌 다 갖추고 수레 위에 높이 실어 동문 큰길 가에 나올 적에 깃발과 창칼을 삼줄기같이 세웠다. 총융대장이 높이 앉아 자객에게 상을 주고 검술을 희롱할 때, 황후와 태후, 태자가 수레에서 내렸다. 황후는 태후의 목을 안고, 태자는 황후의 목을 안고 세 사람이 한 몸 되어 백사장 너른 들에 엎드려 땅을 치며 대성통곡하였다.

"전생에 무슨 죄로 백발의 노구, 젊은 며느리와 어린 손자를 앞세우고 되놈에게 잡혀 와서 한칼 끝에 다 죽으며 북방의 천 리 멀고 먼 길에 주인 없는 고혼이 된단 말인가. 피골상련 이내 몸은 되놈에게 자식 잃고 청춘의 젊은 내 며느리 되놈에게 낭군 잃고, 혈혈단신 내 손자 되놈에게 아비 잃어 만 리 호국 험한 땅에 누구를 보려고 여기 왔다가 세 몸이 한 몸 되어 자객 손에 죽게 되니, 천만 년을 지낸들 이런 변을 다시 볼까. 광대한 천지간에 흉악하고 정해지지 않은 게 우리 셋의 팔자로구나. 도적에게 황성을 잃고 우리 아들은 정한담을 피하여 북문으로 도망하더니 죽었는가 살았는가. 혼백은 둥둥 떠서 늙은 어미 죽은 줄 귀신이나 알련마는 창망한 구름 속에 사람 소리뿐이로구나. 유충렬은 어디 가고 날 살릴 줄 모르는가. 한심하다, 형산의 신령이 어질고 선한 내 아들을 남경에 점지하여 용상 위에 앉힐 적에 그 어미는 무슨 죄로 이 지경이 되게 하였을까. 만고의 영웅 유충렬을 명나라에 점지할 때 어떤 인군(人君)을 섬기려고 나의 손자 죽는 줄을 모르는가. 비나이다 비나이다, 형산의 신령은 명나라 황성에 급히 가 우리 유 원수를 찾아 내 말을 전해 주시오. 명나라 황태후, 불쌍한 며느리와 어린 손자 목을 안고, 깃발과 창검이 늘어선 하얀 장막 안에 자객이 늘어섰는데, 세 몸을 한데 놓고 오늘 정오만 지나면 무죄한 세 목숨이 창검 끝에 달렸으니 한때 속히 전해 주시오."

이렇듯이 통곡하니 피 같은 저 눈물은 소상강 저문 비가 반죽(斑竹, 아롱진 무늬가 있는 대나무)에 뿌리는 듯하니 가련하기 짝이 없었다. 만승 황후는 올해로 이십팔 세였다. 고운 얼굴 귀한 몸이 여러 날 잠 못 자고 굶었으니 형용이 초췌한 중에 호왕이 잡아낸 것이다. 흉악한 군사 놈이 억지로 끌어내니 피가 흘러 얼굴에 가득하고, 의상이 남루하니 푸른 하늘에 밝은 달이 검은 구름 속에 잠긴 듯, 푸른 물의 홍련화가 흑비를 머금은 듯, 가련하고 슬픈 모습 차마 보지 못할 지경이었다.

이때에 총융대장이 군사를 재촉하여 죄인을 잡아다가 깃대 밑에 엎드리게 하고 자객을 호령하였다.

"일시에 처참하라."

자객들이 명을 받고 홍포에 남빛 허리띠를 매고 비수검을 번뜩이며 좌우에 나눠 서서,

"형을 집행한다."

하는 고함 소리 푸른 하늘에 진동하니 천지 어찌 무심할까.

이때 유 원수가 호국의 경계에 도달하여 상남 뜰로 바삐 가고 있었다. 호국 선우대가 구름 속에 보이므로 푸른 강, 흰 눈 갈대 밑에 천사마를 물 먹이고 강물을 쥐어 낯을 씻었다. 사방에 인적이 없어 적막한데 난데없는 작은 표주박 배 한 척 강 위에 떠오르더니 한 선녀가 선창 밖으로 나와서 원수에게 예를 올리고 비단 주머니를 끌러 과실 두 개를 주며 말하였다.

"행역이 피곤하오니 이 과실 한 개를 자시고, 한 개는 두었다가 이후에 쓰십시오. 지금 황후와 태후, 태자가 호국에 잡혀가서 동문 큰길 가

에 온갖 형벌 받으며 자객을 재촉하여 검술로 희롱하는데, 어찌 급한 줄 모르고 바삐 가지 아니하십니까?"

두어 말 이르더니 둥둥 물 가운데로 가 버렸다. 원수가 크게 놀라 그 과실을 한 개를 먹고 하늘의 기운을 살펴보니, 태자의 장성이 떨어질 듯하고 자미성이 칼끝에 달려 있었다. 크게 놀라 황룡 수염 거스르고 봉황의 눈을 부릅뜨고 일광주 용린갑을 단단히 졸라매고 장성검을 펴 들고 천사마를 채찍질하여 나는 듯이 들어갔다. 동문 밖 십 리 사장에 군사가 가득하였으므로, 말 다리를 급히 열어 조총을 잠깐 꺼내 크게 한 번 놓으니 우레 같은 함성 소리 푸른 하늘 밝은 해가 진동하는 듯했다. 원수가 호왕을 불러 외쳤다.

"여봐라, 호왕 놈아. 황후, 태후 해치 말라."

자객이 비수를 번뜩이며 태자의 목을 치려 할 때, 난데없는 벽력 소리 하늘에서 떨어지며 한 대장이 제비같이 들어왔다. 모두가 겁을 먹고 주저주저하던 차에 천사마 눈 한 번 깜짝이며 동문 큰길 가에 장성검이 불빛 되어 십 리 백사장 넓은 들에 오마작대(五馬作隊, 말 다섯 마리로 만든 대열)로 싸인 군사 씨 없이 다 베었다. 성안에 달려들어 궐문을 깨치고 문 안에 모든 조정 관리들을 큰 칼로 무찌르고 용상을 쳐부수며, 호왕의 머리를 풀어 손에 감아 쥐고 동문 큰길로 급히 왔다. 이때 황후와 태후, 태자가 자객의 칼날 끝에 혼백이 흩어져서 기절하여 엎어져 있었다. 원수가 급히 달려들어 태자를 붙들어 앉히고 황후와 태후를 흔들어 앉히니 한 식경(한 차례 음식을 먹을 만한 동안)이 지난 후에 겨우 정신을 차린다. 원수가 땅에 엎드려 여쭈었다.

"정신을 차리옵소서. 명나라 도원수 유충렬이 호왕을 사로잡고 자객과 군사를 한칼에 다 죽이고 이곳에 왔사옵니다."

태자가 이 말을 듣고 급히 일어나 황후의 목을 안고,

"남경 유충렬이 왔습니다. 정신을 진정하여 충렬을 다시 보십시오."

이렇듯이 부르짖으니 황후와 태후가 기절하였다가 유충렬이 왔단 말을 듣고 가슴을 두드리며 벌떡 일어나 앉았다. 사면을 바라보니 군사는 하나도 없고 대장 한 사람이 앞에 엎드려 있다. 원수가 다시 여쭈었다.

"소장은 남경 유충렬이옵니다. 호왕을 사로잡아 이곳에 왔사옵니다."

황후가 이 말을 듣고 곽 달려들어 손을 잡고 말하였다.

"그대 분명 유 원수인가. 하늘에서 내려왔는가, 땅에서 솟았는가. 북방 호국 땅 수만 리를 어찌 알고 왔는가. 그대의 은덕을 갚을진대 백골난망이라, 어찌 다 갚으리오."

태자도 만 번 치사하고 황제의 존위(尊位)를 바삐 물었다. 원수가 여쭈었다.

"소장이 도적에게 속아 금산성에 들어가니, 적장 천극한이 십만 병사를 거느리고 왔으므로 한칼에 다 베고 급히 돌아오다가, 하늘의 기운을 보니 황상이 변수에서 죽게 되었기에 급히 달려갔사옵니다. 황상은 백사장에 엎드려 있고, 정한담은 칼을 들어 황상을 치려 하기에 소장이 달려들어 정한담을 사로잡아 전옥에 가두고 황상은 편히 모셔 환궁하셨사옵니다. 소장은 대비와 대군을 모신 후에 아비를 찾으리라 하고 왔사옵니다."

세 사람이 백배 치사하여 말하였다.

"북망산에 있는 부모가 다시 살아나 만나 본들 어찌 더 반가울 것이며, 강동에 떠난 형제 나중에 만나 본들 이보다 더할쏘냐. 이제 돌아가 우리 황제와 원수가 더불어 형제를 맺어 유전토록 헤어지지 않고 살면서 천하를 나누어 함께 즐거이 태평을 누릴까 한다."

태자가 호왕이 잡힌 것을 보고 원수의 칼을 빼앗아 호왕을 엎드리게 하고 말하였다.

"네 이놈아, 황후를 욕보이며 나에게 항복받아 네 신하를 삼고자 하더니, 푸른 하늘 일월이 밝았거든 언감생심인들 하늘을 욕할쏘냐?"

태자는 분한 마음을 참지 못하여 장성검을 높이 들어 호왕의 머리를 베어 칼끝에 꿰어 들고 호왕의 간을 내어 낱낱이 씹었다. 그 후에 원수가 성안으로 들어가 약간 남은 군사를 다 죽였으나 그중에 군사 다섯을 잡아내고 준마 세 필을 구하여 교자를 갖춘 후에 황후와 태자를 모시고 호국 옥새와 지도서를 가지고 행군하였다. 도로장을 불러 포판이 어디인지 묻고 길을 재촉하나 부친을 생각하니 눈물이 비 오듯 하고 슬픈 마음 억제치 못하여 대성통곡하며 울었다.

"황제는 나 같은 신하를 두었다가 만 리 호국에 죽게 된 부모와 처자 다시 만나 보는데, 나는 포판에 있는 부친 죽었는가 살았는가. 회수정에서 모친 잃고 만 리 북방에 부친 잃고 영릉 청수에서 아내 잃었으니 살아서 무엇하며 죽어도 아깝잖고 도리어 악귀가 될 것이다. 포판에 어서 가서 우리 부친의 생사를 알아볼까."

원수가 슬피 우니, 태후와 태자가 원수의 손을 잡고 여러 가지로 위로하였다. 길을 재촉하여 여러 날 만에 포판에 도달하니, 이 땅은 북해 바닷가 사람 살지 않는 땅이다. 사방에 인적이 없고 다만 들리느니 바다 풍랑 소리 사람의 간장을 격동하고 소슬한 찬바람에 원숭이는 슬피 울어 나그네의 수심을 돕는다. 귀신이 난잡한데 유 주부의 혈혈단신 살 가망이 전혀 없다.

유충렬, 유 주부와 만나다

이때, 유 주부는 도적에게 잡혀갔다가 항복치 아니하고 피골상련 약한 몸에 형장을 많이 맞고, 북해 바닷가 사람 살지 않는 땅에 음식 또한 없었으니 기갈(배고프고 목마름)을 어찌할 수 없어 머지않아 운명하게 될 형편이었다. 이때 원수가 순식간에 달려들어 살펴보니 토굴을 깊이 파고 험한 수목으로 사면을 둘러싸고 짚자리 한 닢 위에 문밖에 수직한 군사 한 명만 두어 삼순구식(三旬九食, 30일에 아홉 번 먹이는 밥)으로 구먹밥(구멍으로 넣어 주는 밥)을 주고 있었다. 원수는 이러한 거동을 보고 엎어져서, 투구 벗어 땅에 놓고 사면의 수목을 헤치고 토굴 문밖에 엎드려 여쭈었다.

"명나라 남경 동성문 안에 사는 충렬은 도적을 잡아 난을 평정하고, 황후와 태후, 태자를 모셔 이리 왔습니다."

이때 유 주부는 기운이 쇠진하여 정신을 잃고 잠이 깊이 들었다가 꿈속에 얼핏 충렬이란 말을 들으니 천 리 밖에서 나는 듯하여 꿈에서 깨어 앉으며 물었다.

"네가 귀신이냐 사람이냐?"

"충렬이 살아 왔습니다."

주부는 귀신인가 의심하였다. 충렬이 찾아오기는 천만 뜻밖이라 진언을 외우며 말하였다.

"내 아들 충렬은 회수에서 죽었으니 네가 정말 혼신이냐? 혼백이라도 반갑고 반갑다."

충렬이 울며 말하였다.

"소자 회수에서 죽을 뻔하였다가 하늘의 도움으로 살아나서, 도적을 함몰하고 황제를 모셔 황궁하였습니다. 지금 호국에 가서 황후와 태후, 태자를 모시고 문밖에 왔습니다."

유 주부가 이 말을 듣고,

"이게 웬말이냐?"

토굴을 두드리며 말하였다.

"네가 정말 충렬이냐? 충렬이 분명하거든 십 년 전에 연경으로 귀양갈 적에 주었던 죽장도 어디 보자."

원수가 옷을 급히 벗고 한삼에 차인 죽도를 끌러냈다.

"두 손에 받들어 올리옵니다."

주부가 이 말을 듣고 토굴 문에 엎드려 손을 내어 받아 보니 소상반죽(중국 소상 지방에서 나는, 아롱무늬가 있는 대나무) 다섯 마디에 황강죽루란 글자가 불에 달군 바늘로 새겨져 있다. 구천에 돌아간들 부자 신표를 모르겠는가. 벌떡 일어나 앉아 말하였다.

"이게 웬말이냐. 충렬이 왔구나. 죽도는 보았으나 내 아들 충렬은 가슴에 대장성이 박히고 등에는 삼태성이 있느니라."

원수가 옷을 벗어 땅에 놓고 주부 곁에 앉기에 주부가 충렬의 가슴과 등을 살펴보았다. 샛별 같은 삼태성과 대장성이 뚜렷이 박혔는데 금자로 '명나라 도원수'라 번듯하게 새겨져 있었다. 주부는 왈칵 뛰어 달려들어 충렬의 목을 안고 말했다.

"어디 갔다 이제 오냐. 하늘로 떨어졌느냐, 땅으로 솟았느냐. 우리 황제 살아 계시며, 너의 모친 어떠하냐. 만고의 역적 정한담이 우리 집에 불을 놓아 너희 모자 죽이려 한다더니 어찌 살아나서 이다지 장성하였느냐. 네가 분명 충렬이냐, 네가 분명 성학이냐. 죽도를 보고 표적을 보니 충렬임에 분명하지만 정한담의 화환(禍患) 만나 회수 중에 죽었는데든 만경창해 넓은 물에 칠 세 아이가 어찌 살아나서 부자 상봉한단 말인가."

이렇듯 슬피 통곡하다가 기절하였다. 원수가 크게 놀라 행장을 급히 끌러 선녀가 주었던 실과를 내어 주부에게 먹인 후에 수족을 만져 정신을 회생케 하였다. 식경이 지나 주부가 일어나 앉으며 정신을 수습하니 난데없는 맑은 기운이 푸른 하늘 일월 같았다. 충렬의 손을 잡고 말하였다.

"네 무슨 약을 얻어 이렇듯 나를 구하느냐?"

이때, 황후와 태후가 주부가 회생하는 것을 보고 급히 들어가 주부의 손을 잡고 말하였다.

"어찌 저리 귀한 아들을 두어 만리타국에 그대와 우리를 살려 내어 이곳에 서로 만나 보게 하는고."

주부가 땅에 엎드려 아뢰었다.

"이게 다 황상의 덕택이로소이다."

원수가 황후와 태후, 태자를 모시고 호국을 떠나 양자강을 건너갈 때, 남경이 장차 사만 오천 육백 리라. 황주에 달려들어 요기하고 나오면서 멱라수 회사정에 붙인 글을 떼 버리고 황성에 들어왔다.

한편, 황제는 원수를 만리타국에 보내고 밤낮 한탄하며 하늘의 도움으로 황후와 태후, 태자를 찾아 올까 하여 축수하고 있었다. 뜻밖에 유원수가 장계를 올렸으므로 급히 열어 보니,

> 도원수 유충렬은 호국에 들어가 호적을 함몰하고 황후와 태후, 태자를 모시고 오는 길에 포판에 가 주부를 살려 내어 함께 본국에 들어오나이다.

라고 하였다. 황제가 크게 기뻐하사 십 리 밖에 나와 영접하였다. 황후와 태후가 달려들어 한편으론 반기며 한편으론 슬피 우니 그 모습은 차마 보지 못할 지경이었다.

태자가 땅에 엎드려 여쭈었다. 호국에 들어가 호왕에게 패함을 보고 동문의 큰길 가에서 거의 죽을 뻔하였는데 하늘의 도움으로 원수를 만나 살아난 말을 아뢰며, 포판에 들어가 주부를 살려 데려온 말씀을 낱낱이 아뢰었다. 황제는 이 말을 듣고 충렬의 등을 만지며,

"옛날 삼국 시절에 유비·관우·장비 세 사람이 도원결의하였더니 과인도 경으로 더불어 형제를 맺으리라."

하고 백 번 치사하셨다. 이때 주부가 땅에 엎드려 아뢰었다.

"소신은 연경에 귀양 갔던 유심이옵니다. 자식의 힘을 입어 잔명이 살아나서 폐하를 다시 뵈오니 만 번 다행스럽습니다. 하오나, 폐하께서 이렇듯 나랏일에 고되고 피곤하신데 소신의 충성이 부족하여 호국에 갇힌 몸이 되어 돌보아 드리지 못하였사오니, 죄로 인해 죽는다 해도 아쉬울 것이 없사옵니다."

황제가 유 주부란 말을 듣고 버선발로 뛰어내려 주부의 손을 잡고 말하였다.

"이게 웬말인가. 회사정에서 죽은 줄만 알았더니 어떻게 살아 오는가. 과인이 현명치 못하여 역적 놈의 말만 듣고 무죄한 우리 주부를 만리 연경에 보내었으니 누구를 원망할까. 모두 다 과인이 현명치 못한 탓이다. 그대의 얼굴을 보니 죄 중한 이내 몸이 무슨 면목으로 사죄할까. 그대에게 공덕을 갚으려면 살을 베어 봉양하고 천하를 나눈들 어찌 다 갚을까."

이렇듯이 치사하고 도성에 들어왔다. 이때 장안의 만백성이며, 중군 조정만이며, 군사 일시에 들어와 원수 앞에 낱낱이 절하여 사례하고 남녀노소 없이 원수의 말을 잡았다. 누가 아니 송덕하며 누가 아니 축수할까.

또 한 백발 노인이 대나무 지팡이를 잡고 떨어진 감투를 쓰고 어린아이 앞세우고 동편 골목에서 나오고 있었다. 술 한잔 받아 들고 안주는 낙엽에 싸서 손자에게 들리고 기엄기엄 기어나와 원수 앞에 백배 치사하며 만만세를 불렀다.

"소인은 동성문 안에 사는데, 삼대 독신으로 소인 대에 이르러 삼남 일녀를 낳아 놓고 귀히 길러 제 몸이 장성하더니, 만고의 역적 정한담이 도성을 쳐부수고 용상에 높이 앉아 자칭 황제라 하고 생민(生民, 살아 있는 백성)을 도탄하며 소인의 자식 둘을 군사로 뽑아 갔습니다. 전장에서 싸우다가 자식 하나가 죽고 말았는데, 옥황상제께서 남경을 도우사 장군님을 남경에 점지하여 도적을 치려 하고 진중에 달려들어 적장 정문걸을 반 합(칼이나 창으로 싸울 때 무기가 서로 마주치는 횟수) 만에 베어 들고 황제를 구하셨지요. 소인의 막내 자식을 성안에 두었다가는 정한담에게 죽임을 당할 듯하여 밤중에 중군 조정만에게 달아나게 하여 장군님 진중에 보내고, 북두칠성에 일 년 삼백육십 일 밤마다 '우리나라 장수님이 승전하게 하옵소서' 이렇듯이 축수하옵더니, 장군님의 힘을 입어 명나라 진영의 군사는 하나도 상하지 않고 왔습니다. 소인의 막내 자식도 살아나서 이 손자를 두었으니, 이놈은 장군님 자식과 다름이 없습니다. 이제는 소인이 죽어도 백골을 묻어 줄 자식이 있고 조상의 무덤에 향 피워 받들 손자 있사오니 이는 모두 다 장군님의 덕이옵니다. 소인이 죽을 날이 머지 아니하온지라, 다만 술 한잔을 장군님 앞에 올리나니 만세무량(萬歲無量)하옵소서. 이제 죽어도 여한이 없을까 하여 손자를 이끌고 왔습니다."

이때 원수와 주부 그리고 황후, 태후, 태자가 제장의 말을 듣고 마음이 슬퍼져 눈물을 흘렸다.

"이는 모두 다 노인의 축수한 공이요, 황제의 은덕이오. 나 같은 사람이야 무슨 공이라 하리오. 돌아가 편히 사시오."

노인이 드리는 술을 받아 황제에게 드리고 행군을 재촉하니 황제도 노인의 말을 듣고 조정만을 바삐 불러 일렀다.

"그 노인의 아들 이름을 알아 들이라."

그러자 한 군사가 떨어진 전립(군인들이 쓰던 벙거지)을 쓰고 환도(군복에 갖추어 차던 칼) 하나 손에 들고 원수 앞에 엎드렸다. 성명을 물은 후에 칭찬하고 친국문 호위장을 삼아 많은 녹을 내려 늙은 아비를 섬기라 하였다. 그리고 나서 말을 재촉하여 도성에 들어서 궐내에 들어갔다. 약간 남은 충신들이 머리를 숙여 백배 치사하고 물러나니 삼군이 원수를 송덕하였다.

정한담, 처형을 당하다

황제와 원수며 황후, 태후가 한자리에 앉아 밤이 새도록 전후 고생하던 말을 이야기하였다. 그리고 이튿날 전옥관을 불러 한담을 잡아다가 구정 뜰에 엎드리게 하였다. 유 주부가 황제 곁에 앉아 나졸을 호령하여 온갖 형벌 갖추고 죄를 헤아려 호통하였다.

"네 이놈 정한담아, 전상(殿上, 임금이 있는 자리)을 쳐다보라. 나를 아느냐 모르느냐. 네 자칭 황제라 하더니 황제도 두 팔이 없느냐, 조그마한 유심의 아래 엎드리기는 무슨 일인고. 네 죄를 아느냐."

한담이 땅에 엎드려 아뢰었다.

"소신의 털을 빼어 죄를 논하여도 털이 모자라오니 죽여 주옵소서."

주부는 크게 노하였다.

"죄목이 열 가지니 자세히 들으라. 네놈이 천상의 익성으로 명나라에 적강하여 용맹이 절인(絕人, 남보다 매우 뛰어남)하니 도사를 데려다가 놓고 항상 황제가 되고자 하니 만고에 큰 죄 하나이다. 조정에 곧은 신하를 꺼려 무죄한 신하를 모함하여 나를 연경에 귀양 보내니 죄 둘이다. 도사 놈의 말을 듣고 신기한 영웅이 황성에 있다 하니 내 자식을 죽이려고 내 집에 불을 놓고, 살아 회수에 당도한 나의 자식을 군사를 보내어 결박하게 하고 물속에 던져 죽이려 한 것이 죄 셋이다. 퇴재상 강희주를 역적으로 몰아 옥문관에 보내었으니 죄 넷이요, 강 승상의 가족을 잡아다가 도중에 죽인 것이 죄 다섯이다. 황후와 태후, 태자를 사로잡아 진중에 가두어 굶주려 죽게 함이 죄 여섯이다. 충신을 다 죽이고 황제를 속여 도적을 막으려 하다가 도적에게 항복함이 죄 일곱이다. 자칭 황제라 하여 생민을 도탄에 빠뜨리고 충신을 잡아 항복받고자 함이 죄 여덟이다. 호국에 청병하여 황후와 태후, 태자를 호왕에게 보내고 장안의 미색(美色)과 보화를 모두 다 탈취하여 남적에게 보낸 것이 죄 아홉이다. 황제를 변수 가에서 죽이려 함이 죄 열 가지이다. 세상에 사람의 신하가 되어 만고에 없는 열 죄목을 가졌으니 이러고도 살기를 바랄쏘냐. 우리 황상께옵서 이렇듯이 상한 일과 대비 대군께옵서 여러 번 죽을 뻔한 일과 만성의 인민이며 육국의 군사 죽은 일과 강 승상과 유주부가 타국에서 죽게 된 일과 천하 진동하여 종묘 사직이 위태하고 백성들이 겁을 먹어 사방으로 흩어져 도망하니 이게 모두 네놈의 소위 아니냐?"

한담이 아무 말도 못하고 묵묵부답이었다. 나졸을 재촉하여,

"한담의 목을 장안 저잣거리에서 베어라."

하니 나졸이 달려들어 한담의 목을 매어 수레 위에 높이 싣고 장안 큰 길 가로 재촉하여 나오며 외쳤다.

"이봐, 백성들아. 만고의 역적 정한담을 오늘날로 베러 가니 백성들도 구경하라."

이렇게 소리하고 나올 적에 성안이며 성밖 백성들이 한담을 죽이러 간단 말을 듣고 남녀노소 상하 없이 그놈의 간을 내어 먹고자 하여 동편 사람은 서편을 부르고 남촌 사람은 북촌 사람을 불러 서로 찾아 골목 골목이 빈틈없이 나왔다.

"이봐, 벗님네야. 가세 가세 어서 가세. 만고 역적 정한담을 우리 원수 장군님이 사로잡아 두 팔 끊고 전후 죄목 물은 후에 백성들을 보이려고 장안 저잣거리에 베인다니 바삐 바삐 어서 가서 그놈의 살을 베어 부모 잃은 사람은 부모 원수 갚아 주고 자식 잃은 사람은 자식 원수 갚아 주세."

백발 노구 손자 업고 젊은 며느리 자식 품고 전후좌우 늘어서 어떤 사람은 달려들어 한담을 호령하고 어떠한 여인들은 한담의 상투를 잡고 신짝을 벗어 양 귀밑을 찰딱찰딱 쳤다.

"네 이놈 정한담아, 너 아니면 내 가장이 죽었으며, 내 자식이 죽을쏘냐. 덕택이 바다 같은 우리 원수님이 네놈 목을 진중에서 베었다면 네놈 고기를 맛보지 못할 것을, 백성들을 보이려고 산 채로 잡아내어 오늘날 베는 고로, 네 고기를 나누어다가 우리 가장 혼백이나 여한 없이 갚으리라."

수레소를 재촉하여 사지를 나눠 놓으니 장안 만민들이 벌떼같이 달려들어 점점이 오려 놓고 간도 내어 씹어 보고 살도 베어 먹어 보며 유원수의 높은 덕을 칭송하지 않는 이가 없었다.

각 도 각 관에 회시(回示, 죄인을 끌고 다니며 사람들에게 보임)하고 최일귀와 정한담의 삼족을 다 멸한 뒤, 황제가 삼층단에 올라 하늘에 제사하고 주부 유심의 직책을 돋우어 금자광록태부 대승상 연국공에 연왕으로 봉하시고, 옥새 용포에 통천관을 내리시고 만종록(아주 많은 녹봉)을 주시었다. 원수에게 대사마 대장군 겸 승상 위국공을 봉하여 만종록을 점지하시고 도원결의하여 충무후로 봉하셨다. 나머지 장수와 군사에게 차례로 벼슬을 주어 상을 내리시니, 모두 즐기는 소리가 태평천지요 임금의 시절이요 순 임금의 세상에 강구동요(康衢童謠, 평상복 차림으로 번화한 거리를 나가 노니며 부른 동요. 태평성대를 의미) 즐기는 듯, 황제를 축수하며 원수를 송덕하는 소리 천지 진동하였다.

유충렬, 강 승상을 구하다

연왕 부자가 황제의 은덕을 축사하니 황제가 위로하여 말하였다.

"그대의 숙소를 우선 정하여 약간의 공을 쓰거니와 그 은혜를 갚으려면 살을 깎아 봉양하길 천만 번이라도 승상의 공은 갚을 길이 없다."

원수가 땅에 엎드려 아뢰었다.

"하늘의 은혜가 망극하여 부자가 만났거니와 모친은 어디 가고 이런 줄을 모르는지요. 옥문관에 귀양 가신 강 승상은 죽었는지 살았는지,

가련한 강 낭자는 청수 가운데에서 죽었으니 어디 가서 만나 볼 수 있을지요. 낭자의 부탁대로 옥문관을 찾아가서 강 승상의 뼈나 거두어다가 묻어 주고 회수에 모친을 제사하고 청수에 지내오며, 강 낭자의 혼백이나 위로하고 다른 데 아내를 얻어 부친에게 영화를 보여 드릴까 하옵니다."

황상이 이 말씀을 들으시고 슬픔에 젖어 태후 앞에 그 말씀을 고하였다. 태후는 강 승상의 고모라, 이 말을 듣고 슬퍼 눈물을 흘리며 원수를 들게 하여 손을 잡고 울며 말하였다.

"강 승상은 나의 조카요. 지금까지 살았는지, 죽었는지. 그대의 힘을 입어 내 몸은 살았으나 친정 일가는 그 하나뿐이오. 살았거든 데려오고 죽었거든 백골이나 주워 오시오."

원수가 아뢰었다.

"제가 그 사위 되었사옵니다."

태후 듣고 크게 기뻐하였다.

"이게 웬말인가. 만고의 영웅 유충렬이 충신인 줄만 알았더니 나의 손녀사위가 되었구나. 어서 가서 생사를 알고 그대의 모친과 나의 손녀를 위로하여 제사하고 급히 돌아오게 하시오."

원수가 황제와 부왕께 하직하고 대군을 거느려 바로 서번국을 향하였다. 양관을 넘어 서평관에 도달하여 격서를 바삐 써서 서번국에 보내고 행군을 재촉하여 들어갔다. 서천 삼십육도 군장들이 충렬의 재주를 알고 겁을 먹어 금은보화를 많이 싣고 옥새와 지도서를 손에 들고 항서를 써 원수 앞에 바치고 인끈을 목에 걸고 낱낱이 항복하였다. 원수는 장대에 높이 앉아 군왕을 잡아내어 일일이 죄를 헤아려 항서 서른여섯 장을 이어 붙이고 장계를 급히 써서 남경으로 보낸 후에 번왕을 불러 옥문관 소식을 묻고 즉시 행군하여 옥문관을 찾아갔다. 슬픈 마음 진정하고 성안에 달려들어 수문장을 불러 황제의 공문을 보였다.

"유배된 강 승상이 어디 있느냐?"

수문장이 여쭈었다.

"강 승상이 성안에 있었으나 십여 일 전에 남적이 달려들어 강 승상을 잡아내어 호국으로 갔습니다."

원수가 이 말을 듣고 분한 마음이 새로 나서 노기가 등등하여 군사를 옥문관에 두고 수문장에게 신칙하였다.

"군사를 착실히 돌보면서 나 돌아오기를 기다리라."

필마단검으로 남쪽 하늘을 바라보고 구름을 헤쳐 나는 듯이 달려 들어갔다. 호국의 경계에 다다르니 분한 기운이 더욱 하늘에 솟아 격서를 보냈다.

이때 가달 왕이 남경에서 데려간 일등 미인들을 좌우에 앉히고 갖은 풍악으로 날마다 즐기고 있었다. 가달 왕이 데려간 도사는 마음이 산란하여 천기를 살펴보는데, 남경 도원수가 지경에 들어오는 게 아닌가. 크게 놀라 왕께 고하였다.

"남경 도원수가 지경에 들면 어찌해야 합니까?"

가달 왕이 문무의 모든 신하를 모아 막을 방법을 의논하는데, 장막 아래 대장 세 사람이 백금 투구에 흑운포를 입고 삼천 근 철퇴를 들고 구 척 장검을 좌우에 들고 무릎 아래에 엎드려 아뢰었다.

"소장 삼형제는 번양 석장동 사는 마철 등이옵니다. 남경 유충렬이 들어온단 말을 듣고 천 리 먼 길을 왔사오니, 소장을 선봉으로 삼아 주시면 충렬의 목을 베어 오겠사옵니다."

모두 보니 신장이 십 척이요, 기골이 장엄하였다. 가달 왕이 크게 기뻐 마철을 선봉으로 삼고, 마웅을 중군으로 삼고, 마학을 후군으로 삼았다. 정병 팔십만을 선발하여 석대산 아래에 진을 치게 하고 왕은 도사와 문무백관을 거느리고 산에 올라 구경하였다.

이때 강 승상이 되놈에게 잡혀가서 험악이 극심하되, 결국 항복치 아니하고 욕을 무수히 보이니, 호왕이 크게 노하여 머지않아 죽이려 하였다. 그런데 뜻밖에 유 원수가 들어오기에 죽이지 못하고 전옥에 가두고 굶주려 죽도록 하였다.

호왕이 남경에서 데려간 계집 하나가 되놈에게 결국 훼절치 아니하고 버티고 있었다. 일생 강 승상을 붙들고 떠나지 아니하고 바람과 비도 피하지 않고 밤마다 축원하였다.

"우리나라 유 원수 어서 와서 남적을 함몰하고 본국 사람을 살려 내어 부모 얼굴을 다시 보게 하옵소서."

이렇듯이 축수하고 있는데 뜻밖에 강 승상을 옥중에 가두니 함께 따라가서 밤낮 한탄하였다.

이때 원수가 필마단창으로 호국에 달려들었다. 석대산 아래에 천병만마가 진을 치고 있으면서 검술을 희롱하고 의기양양한데, 원수가 순식간에 달려들어 적진을 바라보며 벽력 같은 소리를 천둥같이 질렀다.

"네 이놈 가달 왕아, 강 승상을 해치 마라!"

원수가 적진 선봉을 헤쳐 가니, 대장 마철이 응하여 말을 타고 원수를 맞아 싸웠다. 그러나 반도 못 가서 철퇴 맞아 부서지며 창검 맞아 떨어졌다. 마응과 마학이 제 형이 감당치 못할 줄 알고 일시에 달려들어 좌우로 쫓아오며 달려들었다. 그러나 일광주 용린갑은 천신의 솜씨요 용궁의 조화이니, 화살살 한 개 범하며 철환 하나 맞을쏜가. 장성검 번개 되어 동쪽 하늘에 번득여 마철의 머리를 베고, 남쪽 하늘에 번득여 마응을 베고, 중앙에 번득여 마학의 머리를 베어 들었다. 적진 백만 대병을 순식간에 함몰하고 천사마를 재촉하여 석대산 아래에 다다르니, 호왕과 도사가 크게 놀라 도망하였다. 천사마 닫는 앞에 나는 제비도 가지 못하거든, 하물며 사람이야 어찌 가리오. 경각에 달려들어 호왕을 치니 통천관이 깨어지고 상투마저 없어졌다. 호왕이 여쭈었다.

"이는 내 죄 아니라 모두 다 옥관도사의 죄입니다."

원수가 분한 중에 옥관도사란 말을 듣고 물었다.

"도사는 어디 있느냐?"

호왕이 일어나 앉아 가리키니, 원수가 도사를 잡아내어 전후 죄목을 물은 후에,

"너를 이곳에 죽여 분을 풀 것이로되, 남경으로 잡아다가 황제와 우리 부친 전에 바쳐 죽이리라."

하며 두 손목을 끊고 두 발을 끊어 수레에 싣고 성중에 들어가 호왕의 죄를 헤아리고 강 승상에 대해 물었다.

"옥중에 가두었다."

하거늘 옥문을 깨치고 승상을 불렀다. 승상과 조 낭자가 호왕이 죽이

려고 찾는가 하고 크게 놀라 기절해 버렸다. 원수가 바삐 들어가 승상 앞에 여쭈었다.

"정신을 진정하십시오. 소자는 회사정에서 만났던 유충렬이옵니다. 명나라 도원수가 되어 남적을 함몰하고 호왕을 잡고 도사를 사로잡아 이곳에 왔습니다."

승상이 비몽사몽 간에 충렬이란 말을 듣고 벌떡 일어나 앉아 보니 과연 충렬이 분명하다. 왈칵 달려들어 손을 잡고 통곡하며 하는 말이야 어찌 다 측량할까. 조 낭자가 곁에 앉았다가 원수란 말을 듣고 앞에 달려들어 말하였다.

"장군님, 어찌 알고 와서 죽은 사람을 살려 내어 고국산천 다시 보고 부모 동생 다시 보게 하니 이런 일이 또 있을까. 황제님도 살아 계십니까?"

원수가 조 낭자에게 대답하고, 승상에게는 집을 떠나 백룡사 부처를 만나 전장의 기계를 얻은 후에 남적을 함몰하고 오기까지 일들을 낱낱이 말씀드리니 승상이 크게 기뻐하여 칭찬이 끝이 없었다.

원수가 조 낭자에게 전후의 일을 물은 후에 치사하고 함께 궐문으로 들어갔다. 격서를 써서 토번국에 보내니, 번왕이 원수 온단 말을 듣고 겁을 먹었다. 항서를 쓰고 예물로 바칠 온갖 비단을 갖추어 사신을 부려 가달로 보냈다. 원수는 사신에게 죄를 헤아린 뒤 가달 왕의 항서와 도사를 사로잡아 보내는 이유를 황제께 장계로 보내고 예전에 가달 왕이 남경에서 데려간 미인들을 낱낱이 찾아,

"본국으로 가자."

하니, 이때 미인들이 고국을 생각하고 부모를 생각하여 밤낮 한탄하던 터라 원수를 만나니 엎어지고 넘어지면서 나왔다. 전후좌우 늘어서 원수 앞에 백배 치사하고 승상을 모시고 원수를 따라올 때, 준마 삼백 필에 낱낱이 다 태우고 조 낭자는 옥교(옥으로 만든 가마)를 타고 강 승상 곁에 앉아 행군을 재촉하여 돌아왔다.

여러 날 만에 회수에 다다르니 한숨이 절로 난다. 전에 듣던 풍랑 소리 사람의 간장 다 녹이고 전에 보던 좌우 청산 장부의 한숨 돋운다.

유충렬, 모친 장 부인을 만나다

원수는 모친을 생각하여 백사장에 내려앉아 가슴을 두드리며 원통한 사연을 자세히 기록하고 제물을 장만하여 제사하려 하였다. 번양 회수에 들어갈 때, 남만 오국에서 받은 금은 채색 비단이며 옥문관에 두고 갔던 군사며, 데려오는 미인들이며, 강 승상은 멀리 모시고 조 낭자는 옥교 타고 군마를 다섯 열로 행군하여 번양성 안으로 들어오니 그 영화로운 모습은 옛날 소진(중국 전국시대의 정치가)이 여섯 나라 정승 인장을 허리에 차고 군수품을 전마와 기마에 싣고서 나열하여 낙양성 안에 들어가는 듯하고, 당나라 곽분양(안녹산, 사사명의 난을 평정한 공신)이 양경을 회복하고 분양 땅의 왕이 되어 고향에 돌아온 듯하였다. 각 도의 백성들은 전후에 옹위하고 열읍 수령들은 좌우에 나열하여 말을 모는 소리 공중에 높이 뜨고, 군사들이 행진하며 외치는 소리 원근에 진동하였다.

객사에 좌기(관청의 우두머리가 출근하여 일을 시작함)하고 번양 태수를 바삐 불러 천금을 내어 주며 제물을 장만할 때였다. 온갖 생선과 고기를 갖추고 온갖 채소를 준비하여 각 읍 수령들이 시위한 가운데 갖은 제물 받들려 하는데, 백사장 십 리 뜰에 흰색 푸른색 장막을 둘러치고 원수는 백의 입고 백건 백대에 흰 갓 쓰고 축문 한 장 슬피 지어 회수 가에 나왔다. 이때 조 낭자는 목욕재계 정히 하고 소복으로 단장하여 향로 들고 원수를 따라 물가에 나오는데, 고금이 다를쏘냐. 남경 도원수 회수에 빠져 죽은 모친을 위하여 제사한단 말을 듣고 남녀노소 없이 원수의 공덕을 치사하며 그 얼굴을 보려 하고 쌍쌍이 짝을 지어 회수 가 십 리 뜰에 빈틈없이 둘러서서 구경하였다. 원수가 제사 장소에 들어와 삼 층단 높이 만들어 단상에 제물을 진설(제사 때에 음식을 법도에 따라 상 위에 차려 놓음)하고 조 낭자는 향로를 들어 단상에 올려놓고 낭자가 집사(절차를 맡아 진행시키는 사람) 되어 분향하고 나왔다. 원수가 통곡하고 꿇어앉아 축문을 읽으니, 그 축문이 이러하였다.

　　유세차 부경 십칠 년 갑자 이월 갑인삭 이십팔 일 신사년에 남경 동성문 안에 사는 불효자 유충렬은 모친 장씨 앞에 예를 갖추어 종이 돈으로 바다의 고혼을 위로하오니 혼백이나 받으소서. 오호라, 우리 부모 나이가 인생의 반이 넘어 일점혈육이 없었기로 심중에 서러운 마음, 남악산에 정성 드려 다행으로 충렬을 낳아 놓고 애지중지 키워 내어 영화를 보려 했더니, 간신의 해를 보아 부친이 만 리 연경에 간 후에 모친만 모시고 있다가 화를 피하여 달아날 때, 이 물가에 다다르니 난데없는 바다의 수적이 사면으로 달려들어 우리 모친 결박하여 풍랑 중에 내쳐 놓으니, 모친님은 간 데 없고 하늘의 도움으로 모진 목숨 충렬이만 살아나서 모친 주신 옥함을 얻어 전장 기계 갖추어서 도적을 함몰하고 정한담과 최일귀를 벤 후에 황제를 구하였다. 만리 연경에 유배되신 부친님을 모셔다가 하늘의 은혜를 입어 연왕이 되어 만종록을 받게 하고 남적을 소멸한 후에 강 승상을 살려 내어 이 길로 왔다. 모친을 생각하여 이곳에 왔사오나 모친은 어디 가고 충렬을 모르는가. 호국에 갔던 부친은 살아 왔다. 옥문관 갔던 강 승상도 살아 오고, 호국에 잡혀갔던 고국 사람들도 살아 오고, 황후와 태후의 중한 옥체 번국에 잡혀갔다 충렬이가 살려 왔다. 모친은 어디 가고 살아 올 줄 모르는가. 이번에 부친님이 소자를 보내실 때 부탁하시기를 번양 땅에 가 네 어머님을 찾아오라 하시더니 만경창파 깊은 물에 백골인들 찾으리까. 모친님이 옥함을 주실 때 수건에 쓴 글씨를 가져왔으니 혼백이나 와서 충렬을 만져 보시오. 충렬은 명나라 대사마 도원수 겸 승상 위국공이 되고 부친님은 금자광록대부 겸 대승상 연국공의 연왕이 되었으니 이 같은 영화를 어디 가고 모르는가. 우리 집에 불을 놓은 정한담을 사로잡아 전옥에 가두었다가 부친을 모신 후에 부친 앞에 엎드리게 하고 전후 죄목을 물은 후에 그놈의 간을 내어 모친님 전에 제사하였더니 그런 줄을 알았는가. 충렬이 귀히 된 줄 혼령은 알련마는 언제 다시 만나 볼까. 세상에 귀한 영화 나 같은 이 없건마는 피 같은 이내 눈물 어찌하여 솟아나는가. 모친님을 편히 모셔 나이 많아져 돌아가면 이다지 통탄할까. 만 리 연경에 가장 잃고 끝없는 대해에 자식 잃고 도적에게 결박되어 물속에서 고혼이 되었으니, 천만 년을 지나간들 모친같이 통탄할까. 혼령이 나오셨거든 이렇듯이 진수성찬을 흠향하고 돌아가서 다음 생에 다시 만나 길이길이 상봉하여 모자 되어 다하지 못한 자모(子母)의 정을 다시 풀까 바라나이다. 하올 말씀 무궁하오나 눈물이 흘러 옷이 젖고 가슴속이 답답하여 그만 그치나이다. 상향(尙饗, 신명께서 제물을 받으소서. 제례 축문의 마지막 말).

우는 소리 용궁에 사무치고 산천이 눈물을 머금으니, 용신(龍神)도 눈물 흘리고 산신령도 슬픔에 젖는다. 이때 흰 장막 안팎 사이에 구경하는 사람들이 원수의 축문 외우며 우는 소리를 들으니 철과 돌로 만든 간장이 아니거든 누가 아니 눈물을 흘리며 초목과 금수가 아니거든 어느 누가 아니 울리오. 좌우 방백 수령들은 뿌리느니 눈물이요, 각읍 군수 현령들은 서로 보고 슬피 우니 그중에 늙은 홀아비, 늙은 홀어미, 부모 없는 아이, 자식 없는 늙은이 등 서러운 사람은 대성통곡하는 소리가 강천이 창망하여 해와 달은 빛이 없고 구름과 안개가 자욱하여 천지 나직하다.

제사를 마친 후에 온갖 음식을 많이 싸서 바다에 드리고 성안에 들어와 군사를 돌본 뒤 길을 떠나갔다. 각 읍에 선문(소문을 미리 내는 것) 놓고 금릉성 안에 도달하여 숙소를 잡고 군사를 쉬게 하였다.

각설, 이때 장 부인이 활인동 이 처사 집에 있으면서 세월을 보내고 있는데, 하루는 남경에 난리 났단 말을 듣고 탄식하였다.

"할 수 없다. 이제는 주부 속절없이 죽겠다. 우리 충렬이 살았으면 난을 평정하고 부모를 찾으련마는 죽은 게 분명하다."

이렇게 대성통곡하였다. 마침 이 처사 번양에 갔다가 명나라 도원수 유충렬이 회수에서 제사하는 말을 듣고 백성들 중에 함께 구경하다가 원수가 축문 외우는 소리를 듣고 크게 놀라고 크게 기뻐 급히 집에 돌아와 장 부인더러 말하였다.

"세상에 기이하고 의심스러운 일이 있습니다. 마침 오늘날 번양에 갔다가 왔는데, 남쪽 큰길에서 천병만마 들어오며 회수 가에 사람들이 모여 있었습니다. 물어보니 남경 도원수 유충렬이 모친을 위하여 회수에 제사한다 하기로 백성과 함께 구경하였습니다. 원수가 흰 옷, 흰 갓 차림으로 제물을 진설하고 축문을 읽으며 통곡하는 소리를 들으니 분명히 부인의 아들이었습니다. 부인이 항상 하시던 말씀을 낱낱이 하더이다.”

부인이 이 말을 듣고 머리를 흩뜨리고 땅을 두드리며 말하였다.

“이게 웬말이냐. 원수가 하던 말을 다시 하라.”

이 처사가 대답하였다.

“전후의 일이 이러저러하더이다.”

부인이 이 말을 듣고 왈칵 일어나 냅다 서며 말하였다.

“어서 가세, 내 아들 충렬이 살아 왔네. 옥함을 받았단 말이 웬말인가.”

통곡하며 가고자 하였으나 처사가 만류하여,

“분명히 그러할진대 내가 먼저 그 진위를 알고 오겠습니다.”

하고 나섰다. 부인이 다시 물었다.

“원수의 나이는 얼마나 하며 저희 외가는 뉘 집이라 하던가?”

“나이는 이십이요, 외가는 이부상서 장윤이라 하더군요.”

“분명히 그렇구나. 내 아들 아니면 어찌 나의 부친의 존휘(尊諱, 어른의 이름)를 알겠는가. 바삐 가서 알아 오시오.”

이 처사 이리저리 바삐 가서 금릉성 안에 달려들어 군사를 불러 이름을 전하게 하였다.

“만수산 활인동 사는 이 처사가 원수 앞에 뵙고자 하옵니다.”

원수가 “들라” 하니 이 처사 들어가 절하고 앉은 후에 공덕을 칭송하였다. 원수가 사양하였다.

"모두 황제의 덕입니다. 제가 무슨 공이 있겠습니까. 처사께서는 무슨 허물이 있어 누추한 곳에 힘들게 오셨습니까?"

처사가 말하였다.

"분명히 알고자 하는 일이 있어 왔사옵니다. 어제 회수 가에서 상공이 축문 읽었던 말씀이 정녕 그러하옵니까?"

원수가 이 말을 들으니 마음이 자연 슬픔에 젖어 슬피 눈물을 흘리며 답하였다.

"귀인이 어찌 묻습니까. 분명히 그러합니다."

"분명히 그러하다면 만고의 드문 일이군요. 유 주부를 모셔 왔다 하셨는데 유 주부는 나의 처숙입니다. 예전에 그런 말씀 하셨습니까?"

원수는 크게 놀랐다.

"선인(先人. 남의 아버지를 일컫는 말)의 존호를 부르기 미안하나 예전 한림학사 이인학과 어찌 되십니까?"

처사가 말하였다.

"나의 부친이십니다."

원수가 이 말을 듣고 처사의 손을 잡았다.

"존형(같은 또래끼리 상대를 높여 일컫는 말)을 이곳에 와서 만나볼 줄 꿈에나 생각했겠습니까?"

처사도 그제야 감격하여 아무 생각이 없었다. 붙들고 슬픔에 젖어 말했다.

"모친을 가까이 두고 어찌 찾을 줄을 모르시오?"

원수가 이 말을 듣고 정신이 아득하해졌다가 겨우 진정하며 처사를 붙들고 말하였다.

"이게 웬말인가. 나의 모친 장 부인이 근처에 있단 말이 어인 말인가?"

처사가 원수를 위로하여 정신을 차린 후에 말하였다.

"이런 일이 천만고에 또 있을까. 나를 따라가면 모친을 만날 수 있을 것이오."

원수는 마음이 마른 하늘에 떠서 처사를 따라갔다. 이리저리 순식간에 처사 집에 당도하니, 처사가 급히 들어가며 장 부인을 불렀다.

"처숙모는 어디 가 계십니까? 충렬이 데려왔습니다."

이때 부인이 처사를 보내고 소식을 알아 올까 매우 고대하던 차에 뜻밖에 충렬이 데려왔단 말을 듣고 크게 놀라 낯빛이 변하며 기절하니 충렬이 달려들어 문앞에 엎드렸다. 처사의 보살핌으로 정신을 차린 후에 부인이 미친 듯, 취한 듯하여 말하였다.

"네가 귀신이냐, 내 아들 충렬이냐? 내 아들 충렬은 회수에 분명 죽었는데 어찌 살아 육신이 오는가? 내 아들 충렬은 등에 삼태성이 표적으로 박혔느니라."

원수가 급히 옷을 벗고 곁에 앉으니 과연 삼태성이 뚜렷이 박혀 있고 금자로 새긴 것이 어제 본 듯 완연하였다. 서로 붙들고 대성통곡하는 정이 만 리 호국에 부친 만날 때보다 배나 더하였다. 뜻밖에 모자가 상봉하였으니 인지상정(人之常情, 사람이라면 누구나 가지는 생각이나 마음)이라, 고금이 다를쏘냐. 죽은 부모 다시 만나 영화를 보게 되었으니 반갑고 슬픈 정은 한 입으로 말하기 어려웠다. 부인이 말하면 충렬이 울고 충렬이 말하면 부인이 우니 푸른 하늘 해와 달도 빛을 잃고 산천초목도 슬퍼하는 듯하였다.

이때 강 승상과 조 낭자가 이 말을 듣고 옥교를 갖추어 활인동에 들어올 때, 말이 천 리에 퍼졌다. 회수에 제사하던 유충렬이 활인동 이 처사 집에서 모친을 만났다 하니 각 읍 수령과 구경하는 사람들이 금릉성 안에 들어와 서로 보고 칭찬하였다.

"이런 말은 만고에 처음이라. 어떤 부인은 팔자가 좋아 저런 아들 두었는고."

이때 강 승상이 옥교를 가지고 활인동에 들어가 부인 앞에 예를 하고 부인을 모셔 성안에 들어왔다. 구경하는 여인들이 옥교를 잡고 부인 앞에 백배 치하하고 송덕하는 소리에 산신령도 춤을 추고 강산도 춤추듯 즐거워하니 하물며 사람이야 무엇할까. 부인이 낱낱이 위로하고 성안에 들어와 며칠 동안 즐겼다. 길을 떠나게 되어 이 처사 가족을 모두 거느리고 황성에 올라갈 때, 활인동 어구에 삼장 석비(石碑)를 세워 전후의 일을 다 기록하였다. 서천 삼십육도 사신이며 남만 오국의 금은 채색 비단 만여 필을 앞세우고, 남경의 인물이며 군사 좌우에 나열하고 각도 각관 방백 수령 전후에 옹위했으니, 구경하는 사람조차 백 리에 이어지니 낭자한 거동은 천고에 처음이었다.

원수가 모친과 승상을 모시고 길을 떠나 영릉을 바라보고 행군하여 올라갈 때 기쁘기도 하고 슬프기도 하니, 슬픈 마음 한숨이 절로 난다. 물속에서 죽은 부모 다시 만나 보았으나 강 낭자는 어디 가서 만나 볼까. 모친을 보고 승상을 보니 남궁가북궁수(南宮歌北宮愁, 남쪽 집에서는 노래하고 북쪽 집에서는 근심함)이다. 모친은 옥교 중에 기쁜 빛이 만면하여 천만 근심의 때를 벗었고, 승상은 수레 위에서 때론 기쁘고 때론 슬픈 마음에 처자를 생각하며 수심이 만면하였다.

영릉으로 들어오는데 이때는 봄 삼월이다. 천지의 기운이 합하여 만산의 홍록(紅綠)들은 일 년에 한 번 다시 만나 수많은 풀이 봄의 경치를 다툴 때, 연자(제비)는 남남(제비 지저귀는 소리) 인가를 찾아들고 호접(호랑나비)은 꽃 사이에 날아들 때, 나무마다 숲을 이루고 가지마다 봄빛이다. 태평성대 만난 백성, 청춘소년 젊고 아름다운 미색 쌍쌍이 짝을 찾고 삼삼오오 답청네(봄에 교외를 산책하며 봄을 즐기는 사람들)는 배꽃 복숭아꽃 꺾어 들고 산골짜기 돌아들어 화전놀이하며 즐길 제, 봄마음을 못 이기어 쌍쌍이 서로 춤추고 노래하며 유 원수를 송덕하니 그 노래 즐겁기 짝이 없다.

천운이 순환하여 대명이 밝았으니
만고의 어진 영웅 뉘집에서 났단 말인가
동성문 다리 안의 유 상공의 집이로다.
역적이 때 모르고 뽕나무 활을 매니
원수가 가진 칼이 사해에 밝았도다.
승전곡 한 소리에 함몰 도적하여 천하가 태평하니
호국의 죽은 군친 고향에 살아 오고
여염에 있는 처자 부모 함께 동락하니
우리 어진 임금 덕이 높아
온통 봄빛 가득한 호시절에 백화만발 피었으니

화전하는 백성들이 뉘 아니 송덕하리
우리 유 원수 부모 만나 다남다녀(多男多女)하옵소서

이렇듯이 즐기는데 원수는 강 낭자를 생각하였다. 영릉 성중에 들어오니 이 땅은 승상의 옛 땅이다. 슬픈 마음을 어찌 다 측량하겠는가. 객사에 숙소를 정하고 월계촌 소식을 알고자 하여 사오 일을 계속해서 머물렀다.

유충렬, 아내 강 낭자를 만나다

각설, 강 낭자는 도망하여 청수 가에 왔다가 모친은 청수에 빠져 죽고 영릉 고을 관비에게 잡혀 와 머물고 있었다. 천비(賤婢, 천한 계집종)가 하는 일이 고금에 다르겠는가. 낭자를 여러 가지 말로 꾀여 태수의 수청을 드리고자 하여 수양딸을 삼은 후에 무수히 훼절하고자 하였다. 그러나 빙설 같은 맑은 절개가 잠깐인들 변하며 일월같이 밝은 마음이 궁곤하다고 변하겠는가. 이 꾀로 모면하고 저 꾀로 모면하는데, 수령에게 욕도 보고 관비에게 매도 많이 맞으니 가련한 그 모습은 차마 보지 못할 지경이었다.

그 관비에게 딸 하나가 있었는데, 제 몸은 비천하나 마음은 어질고 강 낭자를 불쌍히 여기며 그 절개를 칭찬하였다. 제 어미를 만류하고 매번 몸을 바꾸어 제가 수청하고 낭자는 구하여 살려 주곤 하였다.

이때, 유 원수가 동헌에 좌기하고 사오 일 계속 머무르고 있으니 관비가 생각하였다.

'원수는 호걸이요, 낭자는 미인이다. 이런 때를 당하여 수청을 드렸으면 원수의 마음이 혹(惑)할 테니 천만 냥을 아낄쏘냐.'

급히 들어가 행수를 만나 보고 이날 밤에 낭자를 보내고자 하였다. 제 딸 연심이 또 이 기미를 알고 낭자에게 말하였다.

"오늘 밤에 변을 만날 것이니 그대는 잘 생각하여 사양치 말고 들어가시오. 내가 도중에 있다가 대신 들어갈 것이니 그리 알고 있으시오."

과연 그날 밤에 관비가 낭자를 데리고 "구경 가자" 하며 동헌으로 데려갔다. 낭자가 웃으며 말하였다.

"이제는 염려 말고 나가세요. 원수의 수청을 어찌 사양하겠습니까."

관비가 크게 기뻐하여,

"네 몸이 과연 높다. 이 고을 수령은 무수히 지나가도 절대 허락지 아니하더니 남경 대사마 도원수 겸 승상 위국공의 수청은 사양치 아니하니 인물이 잘나고도 볼 것이다. 마음도 높고 소원도 높도다. 우리도 소년 시절에 월계촌 강 승상이 하남 절도사로 와 계실 때, 일등 미인 삼백여 명 중에 나 혼자 수청 들어 금은보화를 많이 받았는데, 세월이 원수로다."

하고 말하며 이렇듯이 빈정거리며 나갔다. 이때 연심이 제 어미가 나가는 걸 보고 낭자를 내보내고 제가 대신 들어갔다.

원수는 등촉을 밝히고 낭자를 생각하였다. 비단 주머니를 끌러 낭자의 글을 보니, 한 글자에 한 번씩 눈물이 흐르고 슬픈 한숨 절로 난다.

"삼경 밤의 달은 꽃가지에 비추는 듯, 빈산 두견 울지 말라. 너는 누구를 생각하여 장부 간장 다 녹이느냐. 낭자는 어디 가고 속절없는 글 두 구절만 비단 주머니 속에 들었느냐. '여관의 차가운 등불은 홀로 잠을 이루지 못하니 나그네의 마음은 무슨 일로 더욱 처연한가'라는 말은 나를 두고 이름이라. '해는 장사에 지고 가을빛 머니 어느 곳에서 상군을 조상할 수 있을지'는 낭자를 볼 길 없음이라. 옛날 사마장경(한나라의 문인 사마상여)은 초년에 곤궁하다가 문장과 부귀를 겸하여 고향에 돌아오니 그 아내 탁문군이 문밖에 바삐 나와 손을 잡고 들어가고, 낙양 땅에 소진이는 더덕더덕 기운 옷을 입고 근근히 지내다가, 여섯 나라의 정승 도장을 차고 고향에 돌아오니 그 아내 전지도지(顚之倒之, 엎드러지고 곱드러지며 몹시 급한 모양) 나와 인도하여 들어가되, 명나라 유충렬은 초년에 부모 잃고 죽다 살아나서 도원수 대승상이 되어 만리타국에 승전하고 죽은 부모 살려 내어 고향에 돌아왔지만 청수에 죽은 낭자 어찌 와서 맞아 가며 백발이 성성한 강 승상을 무엇이라 위로할까."

이렇듯이 한탄하고 그 밤을 지냈다. 이때 낭자가 연심을 대신 보내고 침실에 돌아와 원수를 생각하여 스스로 탄식하고 잠을 이루지 못하고 있었다.

'원수의 성명을 들으니 나의 낭군과 동성동명이라. 낭군이 분명하다면 응당 월계촌에 들어가 우리 집 소식을 물으련만 월계촌을 아니 가니 답답하고 원통하다. 연심이 어서 나오면 진위를 알아보리라.'

낭군이 준 글을 보며 글자마다 눈물을 흘렸다.

"저승에서 만나자고 말씀이 있었더니 모진 목숨 살아나고 낭군은 죽었구나. 살아 있다면 명나라 도원수는 나의 낭군밖에 할 이 없건마는 몰라보니 답답하다."

이튿날 연심이 나오다가 제 어미를 만났다. 관비가 그 기미를 알고 크게 노하여 원수 앞에 아뢰고 낭자와 연심을 죽이고자 하여 급히 돌아가 문안하고 여쭈었다.

"소인의 딸이 얼굴은 절색이요, 태도 있는 까닭에 상공께 수청을 보냈더니 제 몸은 피하고 다른 년이 대신 들어갔사옵니다. 두 년의 죄를 다스려 주소서."

원수가 크게 노하여,

"대신 온 년을 들이라."

연심이 잡혀 들어가 계단 아래에 엎드리니 원수가 물었다.

"너는 무슨 욕심으로 대신 다니느냐? 죽을 때도 대신 갈 것이냐?"

연심이 여쭈었다.

"소녀 비록 천비오나 일생에 수절하는 사람을 불쌍히 여기고 있었사옵니다. 수년 전에 어미가 다른 동네에 갔다가 어떠한 여자를 데려다가 수양딸을 삼아 동네마다 수청을 드리고자 하되, 그 여자 굳은 절개 푸른 하늘에 일월 같고 한겨울에 촛불같이 변할 길이 없으므로 소녀 매번 구제해 온 터이옵니다. 마침내 상공이 행차하옵시매 그 여자를 구하느라 대신 왔사오니 죄를 주옵소서."

원수가 이 말을 듣고 마음이 절로 슬픔에 잠기고 의심이 나서 다시 물었다.

"그 여자의 성명이 무엇이며, 절개 있다 하니 뉘 집 여자냐"

연심이 답하였다.

"그 여자가 소녀와 사오 년을 동거하되 항상 성명을 모른다 하고 뉘 집이란 말을 아니하더이다."

원수는 이상히 여겼다.

"분명히 그러할진대 바삐 들이라."

이때 낭자는 연심이 잡혀갔단 말을 듣고 신세를 한탄하고 있는데 뜻밖에 관비가 십여 명이 나와 끌려가서 계단 아래에 엎드렸다.

원수가 창문을 열고 낭자의 상을 보니 익숙한 듯하다. 몸과 마음이 슬픔에 젖어 자세히 보니 의상은 남루하나 기생 되기 뜻밖이요 천인 자식으로 보기에는 아까웠다. 원수가 소리를 나직이 하여 낭자에게 말하였다.

"거동을 보니 천인 자식이 아니구나. 여자의 말을 듣기로는 수절을 한다 하니 뉘 집 자손인가. 낭자는 누구건대 청춘 소년의 수절을 하며, 무슨 일로 저리 되어 관비의 수양딸이 되었는지 진정을 숨겨 꺼리지 말고 나에게 이르면 알 일이 있으리라. 말을 자세히 하라."

이때 낭자가 계단 아래에 엎드려 원수의 말을 들으니 낭군과 이별할 때 하직하고 가던 말이 두 귀에 쟁쟁하여 조금도 다름이 없었다. 낭자가 예전에는 도망친 몸이라 성명과 거주를 속였지만, 마음이 자연 슬픔에 잠겨 진정으로 여쭈었다.

"소녀는 다른 사람이 아니라, 이 골 월계촌 사는 강 승상의 무남독녀이옵니다. 부친이 만 리 연경에 귀양 간 유 주부를 위하여 상소하였더니, 만고의 역적 정한담이 충신을 모함하여 승상을 옥문관에 귀양 보내고 소녀의 모녀를 잡아 관청의 노비 삼으려 하고, 금부도사가 와 잡아 갈 때, 청수로 야간도주하여 모친은 물에 빠져 죽고 소녀도 죽으려 했으나 영릉 관비가 다른 마을에 갔다 오는 길에 제 집으로 데려왔습니다. 험악한 일이 무수하되 연심의 힘을 입어 이때까지 살았으나, 오늘은 이 말을 원수 앞에 고하고 할 수 없이 자결하고자 하옵니다.”

원수는 이 말을 듣고 당에 뛰어 내려서며,

“이게 웬말인가.”

영릉 태수 바삐 불러 강 승상을 오시라 하였다.

이때 강 승상이 처자를 생각하여 밤에 잠을 못 자고 몸이 곤하여 졸고 있었다. 뜻밖에 오시라는 말에 놀라서 들어오니, 원수가 말하였다.

“이게 강 낭자 아니옵니까. 강 낭자 살아 왔사옵니다.”

승상이 이 말을 듣더니 정신이 아득하여 천지가 캄캄하였다. 원수가 이별할 때 내어 주던 표를 내어 놓고 서로 살펴보니 한 점도 의심이 없었다. 승상이 낭자의 목을 안고 궁글며(궁글다 : ‘뒹굴다’의 방언) 말하였다.

“내 딸 경화야, 청수에 죽었다더니 혼백이 살아 왔느냐. 꿈이냐 생시냐. 네 낭군 유충렬이 왔으니 소식 듣고 찾아왔느냐. 우리 집이 연못 되어 수양버들 푸른 가지 빈터만 남았으니 슬픈 마음 어찌 다 진정하리.”

이때 장 부인이 내동헌(관아의 안채)에 있다가 이 기별을 듣고 급히 나왔다. 낭자가 고부간의 예로 문안하고 살아난 말씀을 자세히 하니 장 부인이 손을 잡고 말하였다.

"세상 사람이 고생이 많다 하나 우리 고부 같을쏘냐."

유충렬, 일가와 함께 부귀영화를 누리다

이때 낭자 데려간 관비는 혼백이 하늘로 솟은 듯하고 간장이 녹는 듯
하였다. 원수가 동헌에 높이 앉아 관비를 잡아들여 죄를 헤아렸다.

"너를 죽일 것이로되 너 같은 천한 기생이 사람을 알아보았겠느냐.
청수에 가서 낭자를 구했으니 풀어 준다. 덕인 줄 알아라."

연심을 불러 무수히 치사하고 보내려 하니 낭자가 곁에 앉았다가
말하였다.

"연심은 나와 백년 은인이니 잠시 치사뿐 아니라 평생을 함께 지내
고자 합니다. 황성으로 데려가사이다."

원수는 그 말을 옳게 여겨 연심을 불러 일렀다.

"부인을 착실히 모시라."

연심이 황공해하였다.

원수는 전후의 사연을 낱낱이 기록하여 나라에 장계하고 길을 떠났
다. 장 부인은 금덩(황금으로 장식한 덩. 덩은 옹주나 공주가 타는 가마)을 타고
강 낭자와 조 낭자는 옥교를 타고 좌우로 모시고 강 승상은 수레 타고
오국 사신이 모셨다. 원수는 일광주 용린갑에 정성검을 높이 들고 대완
마(대완에서 태어난 말. 대완은 명마의 산지로 이름이 높았던 나라) 위에 높이 앉
아 군마를 다섯 열로 행군하여 천천히 나오니 그 거동과 그 영화는 천
고에 처음이라.

계양역을 지나 청수 가에 다다르니, 소 부인 죽던 곳이다. 원수가 승상을 위하여 영릉 태수를 바삐 불러 제물을 장만하여 승상을 주인 삼고 조 낭자는 집사를, 원수는 축관(祝官) 되어 축문을 읽으며 통곡하는 말이 회수에서 모친 제사할 때와 다름이 없었다.

　제를 마친 후 행군하여 나왔다. 이때 황제와 황태후며, 연왕과 조정에서 충렬을 가달국에 보내고 밤낮 생각하며 장 부인을 찾아 오는가 하여 밤낮 한탄하다가, 뜻밖에 원수의 장계를 보고 즐거운 마음 측량 없으며 장안 백성들이 이 말을 듣고 각각 자식을 보려고 다투어 나왔다.

　황제와 태후와 연왕이 백 리 밖에 나와 맞는데, 원수의 위엄을 보니 서천 삼십육도며 남만 오국이며 금은 예단과 일등 미인들이 차례로 말을 타고 오국 사신이 선봉이 되어 낭자하게 들어오고 그 가운데 금덩 옥교 떠 오는데, 강 낭자는 좌편이요, 조 낭자는 우편이다. 좌우에 푸른 깃발이 늘어졌는데 수놓은 비단으로 만든 양산들이 하늘에 솟았다. 강 승상이 수레 위에 높이 앉아 오며 군사 전후에 나열하고 그 뒤에 따르는 이 열 길의 붉은 사명기는 한가운데 세워 오고, 용전(용 그림의 깃발) 봉기(봉황 그림의 깃발) 대장기며 깃발과 창검, 삼천 병마 전후에 대열을 만들고 승전의 북소리와 행군의 북소리는 원근 산천에 진동한다. 도원수는 일광주 용린갑에 장성검 높이 들고 천사마 비껴 타고 황룡 수염 거스르고 봉황의 눈을 반만 떠서 군사를 재촉하니, 웅장한 거동은 일대 장관이요, 천추에 표문(여러 사람에게 알려짐)이라.

　이때 장안 온 백성이 남적에게 잡혀갔던 며느리며 딸이며 동생들이 본국에 돌아온단 말을 듣고 호산대 십 리 뜰에 빈틈없이 마주 나와 각각 만나 고운 손과 치마를 부여잡고 그리던 그 정을 못내 즐거 하여 울음소리 웃음소리 하늘에 뒤섞였다. 호산대가 떠나갈 듯 원수를 치사하고 장 부인을 치사하는 소리 낭자하여 요란하였다. 금산성 아래 다다르니 황제와 황태후가 옥연에서 바삐 내려 장막 밖에 나섰다. 원수가 갑주를 갖추고 군례로 현신하니 황제와 태후가 원수의 손을 잡고 못내 치사하여 말하였다.

"과인의 수족을 만리타국에 보내고 밤낮 염려하더니 이렇듯이 무사히 돌아오니 즐거운 마음 어찌 다 칭찬하랴. 회수에 죽은 모친 데려온다 하니 만고에 없는 일이며, 옥문관의 강 승상과 청수에서 죽은 강 낭자를 살려 오니 천추에 드문 일이다. 그대의 은혜는 백골난망이라. 그 말이야 어찌 다 하리오."

황태후가 원수를 치사한 후에 강 승상을 부르시니 강 승상이 바삐 들어와 땅에 엎드렸다. 황제가 내려와 승상의 손을 잡고 위로하였다.

"과인이 현명치 못하여 역적의 말을 듣고 충신을 멀리 보냈으니 무슨 면목으로 경을 대면하리오. 그러하나 지난 일이니 따지지 마오."

황태후 승상을 보고 하시는 말씀이야 어찌 다 말로 하리.

이때 연왕이 다른 자신의 처소에 있다가 장 부인이 금덩을 타고 옴을 보고 마음이 하늘에 떠서 충렬이 나오기를 고대하고 있었다. 원수가 황제께 물러나와 부왕 앞에 엎드려 아뢰었다.

"불효자 충렬이 남적을 소멸하고 오는 길에 회수에 와 제사하옵다가 하늘의 도움으로 모친을 만나 모셔 왔사옵니다."

한국 문학을 읽는다

연왕이 반가움을 측량치 못하였다.

"너의 모친이 어디 오느냐."

이때 장 부인이 장막 밖에 있다가 주부의 말소리를 듣고 반가운 마음 어떻다 할 수 없어 미친 듯 취한 듯 들어가니, 연왕이 부인을 붙들고 말하였다.

"그대가 분명 장 상서의 따님인가? 멀고 먼 황천길에 죽은 사람도 살아 오는 법이 있는가? 회수 만경창파 중에 백골이 되었을 때 어떤 사람이 살려 왔나, 뉘 집 자손이 모셔왔나. 충렬아, 네가 분명 살려 왔나?"

북방 천 리 만 리 호국에 잡혀 죽게 된 유 주부와 만경창파 회수 중에 십 년 전에 잃은 장씨 다시 만나 즐길 줄과 칠 세 자식 환란 중에 잃었더니 다시 만나 영화 볼 줄 꿈에나 생각할까.

장 부인이 석장동 마철의 집에 잡혀갔던 말이며, 옥함을 가지고 야간 도망하여 노파의 집에서 환을 만나던 말이며, 옥함을 물에 넣고 죽으려 하다가 활인동 이 처사 집에 살아난 말을 낱낱이 말하며 즐기니 그 정은 측량치 못하리라.

원수가 곁에 앉았다가 말하였다.

"소자 가달국에 갔을 때, 적진 선봉이 마철의 삼형제라. 한칼에 베어 원수를 갚았나이다."

연왕과 부인이 못내 즐거워했다.

황제를 모시고 성안에 들어오니 자식 만나 치하하는 소리며, 온 조정의 모든 신하가 축하 인사하는 말을 어찌 다 기록하겠는가.

이때 황후와 태후가 강 낭자를 들라 하여 전후 지난 일을 낱낱이 물었다. 부인이 고생한 말을 낱낱이 하고 서로 울며 장 부인이 치하하기를 마지아니하였다.

원수가 황제와 부왕을 모시고 황극전에 전좌(殿座, 임금이 정사를 보기 위하여 정전 등에 나와 앉음)하시고 오국 사신 예를 받아 죄를 물은 후에 옥관 도사를 잡아들여 무릎 아래에 엎드리게 하고 죄를 헤아려 말하였다.

"간사한 도사 놈아, 네 천지조화의 기술을 배워 정한담을 가르쳐 신기한 영웅이 황성 내에 있는 줄은 알았지만 광덕산에 살아나서 너 죽일 줄은 모르느냐? 네 예전에 정한담더러 천 년에 한 번의 기회라 급히 공격하여 때를 잃지 마라 하더니 어찌 조그마한 유충렬을 못 잡아서 너희 놈들이 먼저 다 죽느냐?"

도사가 여쭈었다.

"패군의 장수는 용맹을 말할 수 없음이라 하니 이는 하늘의 명이옵니다. 무슨 말씀 하오리까마는, 소인이 신기한 술법을 배워 전장에 나올 때 사해의 신장이며 명나라 강산의 신령과 천의 귀신과 만의 신과 도깨비의 정령들, 어두귀면(魚頭鬼面, 물고기 머리에 귀신의 얼굴)의 졸병과 천지개벽 후에 신장 귀졸을 모두 다 불러내어 지위 간에 넣어 두고, 하늘을 날고 땅에 들어가며 산을 만들고 바다를 만들며 변화 무궁하더니 그중에 유독 서해 광덕산 백룡사에 있는 노승과 남해 형산 화선관이 소인의 명을 좇지 아니하기로 이상하게 여겼습니다. 예전에 원수께서 접전하시는 법을 보오니 갑주와 창검도 천신의 조화거니와 백룡사 노승은 원수의 오른편에 옹위하고 남악 형산 화선관은 왼편에 시위하였으니 소인인들 어찌하겠습니까. 비탈을 달리는 형세로 이리 될 줄을 알았으나 죽사온들 무슨 한이 있겠습니까."

원수가 마음속으로 그놈의 재주를 탄복하고 군사를 재촉하여 장안 저잣거리에서 처형했다. 그 후 오국 사신을 각각 돌려보내고 황성 동문 밖 인가를 다 헐어 별궁을 짓고 관리들에게는 관직을 올려 주었다. 산동 육국에서 돌아오는 결총(토지 면적을 표시하던 단위. 즉 토지를 말함)은 모두 다 연왕에게 부치도록 하고, 원수에게 남평과 여원 두 나라의 옥새를 주어 남만과 오국을 차지하게 하여 녹을 부치도록 하였지만, 대사마 대장군 겸 승상 인수를 주어 나라 안의 모든 일을 다 맡겨 슬하를 떠나지 못하게 했다.

장 부인을 정렬부인(貞烈夫人) 겸 동궁야후(동궁의 어머니) 연국왕후에 봉하여 경양궁에 거처하게 하고, 강 승상에게 달왕의 직책을 주어 빈사지위(賓師地位, 제후로부터 손님으로서 대접받는 학자의 지위)에 있게 하였다. 강 부인은 정숙부인 겸 동궁후 언성왕후로 봉하고 시녀 삼백을 강 승상을 호위하는 장수 삼아 봉황궁에 거처하게 하였고, 활인동 이 처사에게는 간의태부 도훈관에 이부상서를 겸하여 육조를 다스리게 하고, 영릉 관비 연심을 남평왕의 후궁으로 봉하고 인성왕후 직책을 주어 봉황궁에서 강 부인을 모시게 하였고, 나머지 장수들은 차례로 벼슬을 올려 주었다.

이때 남국에 잡혀가 강 승상을 부모같이 섬기던 여자는 다른 사람이 아니라 술 한잔 받아 들고 원수 앞에 스스로 예를 하던 노인의 딸이었다. 그 노인을 불러 상면한 후에 조 낭자를 남평왕의 우부인으로 봉하

고, 그 오라비로 총융대장을 삼아 그 아비를 봉양하게 하니 상하 인민
이 송덕을 치하하는 소리가 천지 진동하였다. 이것이 태평성대가 아닌
가 한다.

이야기 따라잡기

중국 명나라 영종 황제는 즉위한 초기에 황실의 세력이 약해지고 오랑캐들의 세력이 커지자 도읍을 옮기려 한다. 이 일을 창해국 사신 임경천에게 의논하니, 남악 형산은 신령한 산이며 남경에서 영웅이 날 것이라 하기에 도읍을 옮기지 않기로 한다.

명나라 개국공신의 후손인 유심은 대대로 이름 있는 집안에다 정언 주부의 벼슬까지 있어 아쉬울 것이 없었다. 다만 슬하에 자식이 없어 한탄하던 차에 남악 형산이 명산이라는 말을 듣고 아내 장 부인과 함께 산제를 드린다. 얼마 후 장 부인에게 태기가 있고 유충렬이 태어난다. 유충렬이 태어나던 날 선녀가 내려와 유충렬을 향탕수에 씻기고 유리 주머니에 들어 있는 과일 세 개를 주며, 그중 하나를 장 부인에게 먹으라 한다.

유충렬이 일곱 살 되던 해, 천상에서 죄를 지은 후 인간계로 내려와 명나라 관리가 된 도총대장 정한담과 병부상서 최일귀가 왕이 되고자 도모하여 황제에게 오랑캐를 치자고 한다. 이를 들은 유 주부가 황제에게 직언을 하고, 이런 유 주부를 못마땅하게 여긴 정한담 일당은 그를 모함하여 유배를 보낸다. 그후 옥관도사를 찾아가 왕이 될 수 있는 방법을 물으니, 황성에 영웅이 살고 있어 두 사람의 계획이 순탄하지 않을 것이라 한다. 정한담 일당은 영웅이 유충렬이라 짐작하고 유충렬 모자를 죽이고자 음모를 꾸민다.

한편, 잠을 자던 장 부인의 꿈에 어떤 노인이 나타나 위험을 알려 준다. 모자가 도망간 사실을 알게 된 정한담은 회수 가에 있는 뱃사람들에게 그들을 죽이라 명한다. 수적들에게 잡힌 유충렬은 물 한가운데 던져지고 장 부인은 수적에게 끌려가 그 아내가 될 위험에 처한다. 하지만 장 부인은 꾀를 써서 도망쳐 나오면서, 수적의 집에서 충렬의 이름이 써 있는 옥함을 발견하고 가져온다.

장 부인이 물가를 따라 달아나다가 어느 노파의 집에 들어가게 되는데, 그 노파가 알고 보니 수적의 친척이었다. 장 부인의 꿈에 다시 나타난 노인이 위험을 알려 주어 그곳에서 다시 도망치고 유심의 친척인 이 처사의 집에 도달하게 된다.

유충렬은 가까스로 목숨은 구했으나 어머니를 잃은 슬픔을 견딜 수 없는 데다 회사정에 아버지가 써 놓은 글을 읽고는 죽음을 결심하게 된다. 그때 그 길을 지나가던 강 승상이 유충렬의 사연을 묻고 불쌍히 여겨 자신의 집으로 데려가 사위로 삼는다. 강 승상이 유심의 억울함을 두고 보지 못하여 황제께 상소를 올리나 이를 안 정한담 일당이 그를 모함하여 유배를 보내고 일가족을 모두 죽이고자 한다.

강 승상이 이를 알고 집에 편지를 보내 유충렬은 먼저 도망가고, 강 승상의 아내와 딸은 잡혀가다 한 관리의 도움으로 도망을 친다. 그러나 자신의 처지를 비관한 아내는 자결하고 딸은 한 관비에게 구조되어 그 수양딸이 된다.

유충렬은 정처 없이 떠다니다가 불도나 닦고자 서해 광덕산 백룡사에 들어가니 거기 노승이 충렬이 올 줄을 알고 마중을 나온다. 충렬은 노승과 함께 동거동락하며 도술을 익히게 된다.

정한담도 유심과 강희주를 유배 보낸 뒤 반란을 꿈꾸는데, 영종이 즉위한 지 삼 년 되던 해, 오랑캐가 쳐들어오자 그들과 합심하여 명나라를 친다. 황제는 명나라의 병력으로 이들을 감당할 수 없게 되자 항복하려 한다. 유충렬이 나라의 위기를 알고 괴로워하자, 노승이 충렬에게 옥함을 주고, 천사마가 있는 곳을 알려 준다. 유충렬이 전쟁을 할 수 있는 무기들과 말을 얻어 명나라 황제에게 와 적들을 물리치니 다들 도망간다.

정한담이 유충렬을 잡고자 부친 유심을 데려오나 말을 듣지 않자, 다시 귀양 보내고 거짓으로 편지를 써 유충렬에게 보낸다. 유충렬은 항복하라는 유심의 편지를 보고 고심하나 황제가 조작된 편지임을 알린다. 분노한 유충렬은 적을 물리치고 정한담을 사로잡지만 호왕이 황후, 태후, 태자를 잡아 호국으로 데려간다. 이를 안 황제가 슬퍼하자, 유충렬은 호국으로 쳐들어가 호국 군사들을 물리치고, 황후, 태후, 태자를 모시고, 부친도 찾아 귀국한다. 사로잡은 정한담을 만백성이 보는 앞에서 처형하니 모든 백성들이 유충렬을 칭송한다.

　유충렬의 공으로 명나라 황실이 위기에서 벗어나게 되자, 황제가 유심을 연나라의 왕으로 세우고, 유충렬은 대사마 원수로 삼는다. 유충렬은 강 승상을 구해서 돌아오는 길에 모친의 혼백을 위로하기 위해 회수가에서 제사를 지내다가 이 처사의 도움으로 장 부인을 만나게 된다. 집으로 돌아오는 길에 아내 강 낭자를 만나고, 가족들뿐만 아니라 오랑캐들에게 잡혀갔던 백성들도 구해서 돌아오니, 황제가 각각의 직책을 내린다. 온 백성들이 자신의 가족들을 만나고, 나라를 구하게 된 것을 기뻐하여 그 덕을 칭송하며 태평성대를 이룬다.

쉽게 읽고 이해하기

영웅의 일대기

고전소설의 특징 중 하나는 영웅의 일대기적 구조를 이루고 있다는 것이다. 영웅의 일대기적 구조란 ① 고귀한 혈통을 지닌 인물이 ② 비정상적으로 잉태되거나 출생하여 ③ 보통 사람과 다른 탁월한 능력을 지니게 되지만 ④ 어려서 버려져 죽을 고비에 이르게 된다. ⑤ 양육자 또는 구출자를 만나 죽을 고비에서 벗어나지만 ⑥ 자라면서 다시 위기를 만나게 되고, ⑦ 이 위기를 극복하고 승리자가 되는 것을 말한다.

『유충렬전』은 전형적인 영웅소설이자 군담소설로 유충렬의 일생을 살펴보면, ① 지상에 내려온 천상의 인물로 ② 유심과 장 부인의 산제를 통해 둘의 아이로 태어나 ③ 보통 사람과 달리 무예 등에 능했으나 ④ 정한담 일당의 모함으로 부친 유심이 귀양을 가게 됨에 따라 유충렬

모자 역시 죽임을 당할 위기에 처하게 된다. ⑤ 어부들에 의해 구출되고 강 승상을 만나 강 승상의 집에서 자라게 되지만 ⑥ 강 승상도 귀양을 가게 되면서 일가족이 모두 관청의 노비가 되고, 유충렬도 집을 떠나 살 길이 막막해지게 된다. 그러나 정한담에 의해 명나라 황제가 위험에 처하자 ⑦ 도술을 이용해 나라를 구하고, 가족을 구하여 승리자가 된다.

불교와 유교적 사상

『유충렬전』은 작자 미상, 연대 미상의 작품이다. 시대적 배경은 중국 명나라 시대인데, 명나라는 몽골족이 세운 원나라를 한족 세력이 멸망시키고 세운 나라이다. 『유충렬전』에서 공자 등의 인물들을 언급한 것과 입신양명하여 부귀영화를 누린다는 것은 유교적 사상을 바탕으로 하고 있음을 알 수 있다. 유충렬이 강 승상의 집에서 나와 정처없이 떠돌아다니다가 승려가 되겠다고 결심한 부분이나, 절에 들어가 승려와 함께 동거동락하며 무예를 익히고 학업에 열중한 것은 불교적 사상을 나타낸다.

현실의 울분, 소설을 통해 설욕

연대 미상의 작품이기는 하지만, 명나라를 배경으로 하고 있으므로 조선 시대 이후에 쓰였음을 알 수 있다. 명나라는 당시 오랑캐족으로 생각했던 몽골족을 몰아내고 한족이 세운 전통 중국의 왕조이다. 조선은 명을 섬기는 나라였으나 청이 명을 멸망시키자 혼란에 빠진다. 사대주의적 사상을 중시하던 조선은 섬기던 명이 멸망하고 오랑캐족(조선은 명의 한족이 아닌 다른 민족은 모두 오랑캐로 보았음)인 만주족이 세운 청을 섬기는 것은 도리에 어긋난다고 생각했다. 결국 이러한 사고가 원인이 되어 청이 쳐들어오고, 병자호란이 일어나게 된다. 『유충렬전』은 명나라를 배경으로 병자호란과 비슷한 상황을 그리고 있다. 조선의 인조가 청의 공격을 받아 남한산성으로 도읍을 옮기고, 결국 삼전도에서 굴욕을 당한 사건을 소설에서는 명나라 황제가 호국과 정한담 일당에게 항복하려고 한 것으로 다루었다고 볼 수 있다. 황실의 가족들이 호국의 포로가 된 것 역시, 강화도의 함락으로 인해 왕실의 인물들이 포로가 되었던 것과 같다. 그러나 소설에서는 백성들의 바람대로 유충렬이라는 영웅이 나타나 모든 악당들을 물리치고 나라와 황실을 구할 뿐만 아니라, 포로로 잡혀갔던 백성들, 그리고 자신의 가족들도 모두 구해 온다. 현실에서 일어날 수 없었던 바람과 희망을 '유충렬'이라는 소설 속 영웅을 통해 설욕하고자 한 것이다.

마음이 없다면 보아도 보이지 않고 들어도 들리지 않는다.

一 『채근담』

남이 자신을 알아주지 못함을 근심하지 말고 자신이 남을 알지 못함을 근심해라
—공자

낭비한 시간에 대한 후회는 더 큰 시간 낭비이다.
— 메이슨 쿨리

과학이 지식을 제한할 수는 있으나 상상력을 제한해서는 안 된다.

— 버트런드 러셀

겨울은 내 머리 위에 있다. 하지만 영원한 봄은 내 마음속에 있다.
— 빌 게이츠